你有理由
等待更美好的继续

林徽因————著

北京时代华文书局

图书在版编目（CIP）数据

你有理由等待更美好的继续 / 林徽因著. -- 北京：北京时代华文书局，2020.6
（轻经典系列 / 陈丽杰主编）
ISBN 978-7-5699-3667-4

Ⅰ．①你… Ⅱ．①林… Ⅲ．①散文集－中国－现代 Ⅳ．①I266

中国版本图书馆CIP数据核字（2020）第 061218 号

轻经典系列
QING JINGDIAN XILIE

你 有 理 由 等 待 更 美 好 的 继 续
NI YOU LIYOU DENGDAI GENG MEIHAO DE JIXU

著　　者｜林徽因

出 版 人｜陈　涛
选题策划｜陈丽杰
责任编辑｜袁思远
执行编辑｜仇云卉
责任校对｜周连杰
封面设计｜艾墨淇
版式设计｜段文辉
责任印制｜訾　敬

出版发行｜北京时代华文书局 http://www.bjsdsj.com.cn
　　　　　北京市东城区安定门外大街 138 号皇城国际大厦 A 座 8 楼
　　　　　邮编：100011　电话：010-64267955　64267677

印　　刷｜河北京平诚乾印刷有限公司　010-60247905
　　　　　（如发现印装质量问题，请与印刷厂联系调换）

开　　本｜880mm×1230mm　1/32　印　张｜6.5　字　数｜200 千字
版　　次｜2021 年 6 月第 1 版　　　印　次｜2021 年 6 月第 1 次印刷
书　　号｜ISBN 978-7-5699-3667-4
定　　价｜42.00 元

版权所有，侵权必究

目录 CONTENTS

这个时代是我们的（散文卷）/ *001*

> 朋友们努力挺出一根活的萌芽来，
> 记着这个时代是我们的。

永远地在我们心里留下痕迹（小说卷）/ *047*

> 凡属于故事的话，当然都更能深入孩子的记忆里，这舅公的来历，就永远地在我们心里留下痕迹。

你是人间的四月天（诗歌卷）/ ///

你是一树一树的花开，是燕
在梁间呢喃，——你是爱，是暖，
是希望，你是人间的四月天！

这个时代是我们的
（散文卷）

朋友们努力挺出一根活的萌芽来，
记着这个时代是我们的。

窗 子 以 外

话从哪里说起？等到你要说话，什么话都是那样渺茫地找不到个源头。

此刻，就在我眼帘底下坐着是四个乡下人的背影：一个头上包着黲黑的白布，两个褪色的蓝布，又一个光头。他们支起膝盖，半蹲半坐的，在溪沿的短墙上休息。每人手里一件简单的东西：一个是白木棒，一个篮子，那两个在树荫底下我看不清楚。无疑地他们已经走了许多路，再过一刻，抽完一筒旱烟以后，是还要走许多路的。兰花烟的香味频频随着微风，袭到我官觉上来，模糊中还有几段山西梆子的声调，虽然他们坐的地方是在我廊子的铁纱窗以外。

铁纱窗以外，话可不就在这里了。永远是窗子以外，不是铁纱窗就是玻璃窗，总而言之，窗子以外！

所有的活动的颜色、声音、生的滋味，全在那里的，你并不是不能看到，只不过是永远地在你窗子以外罢了。多少百里的平原土地，多少区域的起伏的山峦，昨天由窗子外映进你的眼帘，那是多少生命日夜在活动着的所在；每一根青的什么麦黍，都有人流过汗；每一粒黄的什么米粟，都有人吃去；其间还有的是周折，是热闹，是紧张！可是你则并不一定能看见，因为那所有的周折，热闹，紧张，全都在你窗子以外展演着。

在家里罢,你坐在书房里,窗子以外的景物本就有限。那里两树马缨,几棵丁香;榆叶梅横出疯权的一大枝;海棠因为缺乏阳光,每年只开个两三朵——叶子上满是虫蚁吃的创痕,还卷着一点焦黄的边;廊子幽秀地开着扇子式,六边形的格子窗,透过外院的日光,外院的杂音。什么送煤的来了,偶然你看到一个两个被煤炭染成黔黑的脸;什么米送到了,一个人掮着一大口袋在背上,慢慢踱过屏门;还有自来水、电灯、电话公司来收账的,胸口斜挂着皮口袋,手里推着一辆自行车;更有时厨子来个朋友了,满脸的笑容,"好呀,好呀!"地走进门房;什么赵妈的丈夫来拿钱了,那是每月一号一点都不差的,早来了你就听到两个人唧唧哝哝争吵的声浪。那里不是没有颜色、声音、生的一切活动,只是他们和你总隔个窗子,——扇子式的,六边形的,纱的,玻璃的!

你气闷了把笔一搁说,这叫作什么生活!你站起来,穿上不能算太贵的鞋袜,但这双鞋和袜的价钱也就比——想它做什么,反正有人每月的工资,一定只有这价钱的一半乃至于更少。你出去雇洋车了,拉车的嘴里所讨的价钱当然是要比例价高得多,难道你就傻子似的答应下来?不,不,三十二子,拉就拉,不拉,拉倒!心里也明白,如果真要充内行,你就该说,二十六子,拉就拉——但是你好意思争!

车开始辗动了,世界仍然在你窗子以外。长长的一条胡同,一个个大门紧紧地关着。就是有开的,那也只是露出一角,隐约可以看到里面有南瓜棚子,底下一个女的,坐在小凳上缝缝做做的;另一个,抓住还不能走路的小孩子,伸出头来喊那过路卖白菜的。至于白菜是多少钱一斤,那你是听不见了,车子早已拉得老远,并且你也无须知道的。在你每月费用之中,伙食是一定占去若干的。在那一笔伙食费里,白菜又是多么小的一个数。难道你知道了门口卖的白菜多少钱一斤,你真把你哭丧着脸的厨子叫来申斥一顿,告诉他每一斤白菜他多开了你一个"大子儿"?

车越走越远了，前面正碰着粪车，立刻你拿出手绢来，皱着眉，把鼻子蒙得紧紧的，心里不知怨谁好。怨天做的事太古怪，好好的美丽的稻麦却需要粪来浇！怨乡下人太不怕臭，不怕脏，发明那么两个篮子，放在鼻前手车上，推着慢慢走！你怨市里行政人员不认真办事，如此脏臭不卫生的旧习不能改良，十余年来对这粪车难道真无办法？为着强烈的臭气隔着你窗子还不够远，因此你想到社会卫生事业如何还办不好。

路渐渐好起来，前面墙高高的是个大衙门。这里你简直不止隔个窗子，这一带高高的墙是不通风的。你不懂里面有多少办事员，办的都是什么事；多少浓眉大眼的，对着乡下人做买卖的吆喝诈取；多少个又是脸黄黄的可怜虫，混半碗饭分给一家子吃。自欺欺人，里面天天演的到底是什么把戏？但是如果里面真有两三个人拼了命在那里奋斗，为许多人争一点便利和公道，你也无从知道！

到了热闹的大街了，你仍然像在特别包厢里看戏一样，本身不会，也不必参加那出戏；倚在栏杆上，你在审美的领略，你有的是一片闲暇。但是如果这里洋车夫问你在哪里下来，你会吃一惊，仓促不知所答，生活所最必需的你并不缺乏什么，你这出来就也是不必需的活动。

偶一抬头，看到街心和对街铺子前面那些人，他们都是急急忙忙地，在时间金钱的限制下采办他们生活所必需的。两个女人手忙脚乱地在监督着店里的伙计称秤。二斤四两，二斤四两的什么东西，且不必去管，反正由那两个女人的认真的神气上面看去，必是非同小可，性命交关的货物。并且如果称得少一点时，那两个女人为那点吃亏的分量必定感到重大的痛苦；如果称得多时，那伙计又知道这年头那损失在东家方面真不能算小。于是那两边的争持是热烈的，必需的，大家声音都高一点；

女人脸上呈块红色，头发披下了一缕，又用手抓上去；伙计则维持着客气，口里嚷着：错不了，错不了！

热烈的，必需的，在车马纷纭的街心里，忽然由你车边冲出来两个人；男的，女的，个个提起两脚快跑。这又是干什么的，你心想，电车正在拐大弯。那两个原就追着电车，由轨道旁边擦过去，一边追着，一边向电车上卖票的说话。电车是不容易赶的，你在洋车上真不禁替那街心里奔走赶车的担心。但是你也知道如果这趟没赶上，他们就可以在街旁站个半点来钟，那些宁可望穿秋水不雇洋车的人，也就是因为他们的生活而必需计较和节省到洋车同电车价钱上那相差的数目。

此刻洋车跑得很快，你心里继续着疑问你出来的目的，到底采办一些什么必需的货物。眼看着男男女女挤在市场里面，门首出来一个进去一个，手里都是持着包包裹裹，里边虽然不会全是他们当日所必需的，但是如果当中夹着一盒稍微奢侈的物品，则亦必是他们生活中间闪着亮光的一个愉快！你不是听见那人说么？里面草帽，一块八毛五，贵倒贵点，可是"真不赖"！他提一提帽盒向着打招呼的朋友，他摸一摸他那剃得光整的脑袋，微笑充满了他全个脸。那时那一点进射着光闪的愉快，当然的归属于他享受，没有一点疑问，因为天知道，这一年中他多少次地克己省俭，使他赚来这一次美满的，大胆的奢侈！

那点子奢侈在那人身上所发生的喜悦，在你身上却完全失掉作用，没有闪一星星亮光的希望！你想，整年整月你所花费的，和你那窗子以外的周围生活程度一比较，严格算来，可不都是非常靡费的用途？每奢侈一次，你心上只有多难过一次，所以车子经过的那些玻璃窗口，只有使你更惶恐，更空洞，更怀疑，前后彷徨不着边际。并且看了店里那些形形色色的货物，除非你真是傻子，难道不晓得它们多半是由哪一国工厂里制造出来的！奢侈是不能给你愉快的，它只有要加增你的戒惧烦恼。每一尺好看点的纱料，每一件新鲜点的工艺品！

你诅咒着城市生活，不自然的城市生活！检点行装说，走了，走了，这沉闷没有生气的生活，实在受不了，我要换个样子过活去。健康的旅行既可以看看山水古刹的名胜，又可以知道点内地淳朴的人情风俗。走了，走了，天气还不算太坏，就是走他一个月六礼拜也是值得的。

没想到不管你走到哪里，你永远免不了坐在窗子以内的。不错，许多时髦的学者常常骄傲地带上"考察"的神气，架上科学的眼镜，偶然走到哪里一个陌生的地方瞭望，但那无形中的窗子是仍然存在的。不信，你检查他们的行李，有谁不带着罐头食品，帆布床，以及别的证明你还在你窗子以内的种种零星用品，你再摸一摸他们的皮包，那里短不了有些钞票；一到一个地方，你有的是一个提梁的小小世界。不管你的窗子朝向哪里望，所看到的多半则仍是在你窗子以外，隔层玻璃，或是铁纱！隐隐约约你看到一些颜色，听到一些声音，如果你私下满足了，那也没有什么，只是千万别高兴起说什么接触了，认识了若干事物人情，天知道那是罪过！洋鬼子们的一些浅薄，千万学不得。

你是仍然坐在窗子以内的，不是火车的窗子，汽车的窗子，就是客栈逆旅的窗子，再不然就是你自己无形中习惯的窗子，把你搁在里面。接触和认识实在谈不到，得天独厚的闲暇生活先不容你。一样是旅行，如果你背上捐的不是照相机而是一点做买卖的小血本，你就需要全副的精神来走路：你得留神投宿的地方；你得计算一路上每吃一次烧饼和几颗沙果的钱；遇着同行的战战兢兢地打招呼，互相捧出诚意，遇着困难时好互相关照帮忙,到了一个地方你是真带着整个血肉的身体到处碰运气,紧张的境遇不容你不奋斗,不与其他奋斗的血和肉的接触,直到经验使得你认识。

前日公共汽车里一列辛苦的脸,那些谈话,里面就有很多生活的分量。陕西过来做生意的老头和那旁坐的一股客气,是不得已的;由交城下车的客人执着红粉包纸烟递到汽车行管事手里也是有多少理由的,穿棉背心的老太婆默默地挟住一个蓝布包袱,一个钱包,是在用尽她的全副本领的,果然到了冀村,她错过站头,还亏别个客人替她要求车夫,将汽车退行两里路,她还不大相信地望着那村站,口里噜苏着这地方和上次如何两样了。开车的一面发牢骚一面爬到车顶替老太婆拿行李,经验使得他有一种涵养,行旅中少不了有认不得路的老太太,这个道理全世界是一样的,伦敦警察之所以特别和蔼,也是从迷路的老太太孩子们身上得来的。

话说了这许多,你仍然在廊子底下坐着,窗外送来溪流的喧响,兰花烟气味早已消失,四个乡下人这时候当已到了上流"庆和义"磨坊前面。昨天那里磨坊的伙计很好笑的满脸挂着面粉,让你看着磨坊的构造;坊下的木轮,屋里旋转着的石碾,又在高低的院落里,来回看你所不经见的农具在日影下列着。院中一棵老槐、一丛鲜艳的杂花、一条曲曲折折引水的沟渠,伙计和气地说闲话。他用着山西口音,告诉你,那里一年可出五千多包的面粉,每包的价钱约略两块多钱。又说这十几年来,这一带因为山水忽然少了,磨坊关闭了多少家,外国人都把那些磨坊租去做他们避暑的别墅。惭愧的你说,你就是住在一个磨坊里面,他脸上堆起微笑,让面粉一星星在日光下映着,说认得认得,原来你所租的磨坊主人,一个外国牧师,待这村子极和气,乡下人和他还都有好感情。

这真是难得了，并且好感的由来还有实证。就是那一天早上你无意中出去探古寻胜，这一省山明水秀，古刹寺院，动不动就是宋辽的原物，走到山上一个小村的关帝庙里，看到一个铁铎，刻着万历年号，原来是万历赐这村里庆成王的后人的，不知怎样流落到卖古董的手里。七年前让这牧师买去，晚上打着玩，嘹亮的钟声被村人听到，急忙赶来打听，要凑原价买回，情辞恳切。说起这是他们吕姓的祖传宝物，决不能让它流落出境，这牧师于是真个把铁铎还了他们，从此便在关帝庙神前供着。

这样一来你的窗子前面便展开了一张浪漫的图画，打动了你的好奇，管它是隔一层或两层窗子，你也忍不住要打听点底细，怎么明庆成王的后人会姓吕！这下子文章便长了。

如果你的祖宗是皇帝的嫡亲弟弟，你是不会，也不愿，忘掉的。据说庆成王是永乐的弟弟，这赵庄村里的人都是他的后代。不过就是因为他们记得太清楚了，另一朝的皇帝都有些老大不放心，雍正间诏命他们改姓，由姓朱改为姓吕，但是他们还有用二十字排行的方法，使得他们不会弄错他们是这一脉子孙。

这样一来你就有点心跳了，昨天你雇来那打水洗衣服的不也是赵庄村来的，并且还姓吕！果然那土头土脑圆脸大眼的少年是个皇裔贵族，真是有失尊敬了。那么这村子一定穷不了，但事实上则不见得。

田亩一片，年年收成也不坏。家家户户门口有特种围墙，像个小小堡垒——当时防匪用的。屋子里面有大漆衣柜衣箱，柜门上白铜擦得亮亮；炕上棉被红红绿绿也颇鲜艳。可是据说关帝庙里已有四年没有唱戏了，虽然戏台还高巍巍地对着正殿。村子这几年穷了，有一位王孙告诉你，唱戏太花钱，尤其是上边使钱。这里到底是隔个窗子，你不懂了，一样年年好收成，为什么这几年村子穷了，只模模糊糊听到什么军队驻了三年多等，更不懂是，村子向上一年辛苦后的娱乐，关帝庙里唱唱戏，得上面使钱？既然隔个窗子听不明白，你就通气点别尽管问了。

隔着一个窗子你还想明白多少事？昨天雇来吕姓倒水，今天又学洋鬼子东逛西逛，跑到下面养着鸡羊，上面挂有武魁匾额的人家，让他们用你不懂得的乡音招呼你吃菜，炕上坐，坐了半天出到门口，和那送客的女人周旋客气了一回，才恍然大悟，她就是替你倒脏水洗衣裳的吕姓王孙的妈，前晚上还送饼到你家来过！

这里你迷糊了。算了算了！你简直老老实实地坐在你窗子里得了，窗子以外的事，你看了多少也是枉然，大半你是不明白，也不会明白的。

蛛 丝 和 梅 花

真真地就是那么两根蛛丝,由门框边轻轻地牵到一枝梅花上。就是那么两根细丝,迎着太阳光发亮……再多了,那还像样么?一个摩登家庭如何能容蛛网在光天白日里作怪,管它有多美丽,多玄妙,多细致,够你对着它联想到一切自然、造物的神工和不可思议处;这两根丝本来就该使人脸红,且在冬天够多特别!可是亮亮的,细细的,倒有点像银,也有点像玻璃制的细丝,委实不算讨厌,尤其是它们那么洒脱风雅,偏偏那样有意无意地斜着搭在梅花的枝梢上。

你向着那丝看,冬天的太阳照满了屋内,窗明几净,每朵含苞的,开透的,半开的梅花在那里挺秀吐香,情绪不禁迷茫缥缈地充溢心胸,在那刹那的时间中振荡。同蛛丝一样的细弱和不必需,思想开始抛引出去:由过去牵到将来,意识的,非意识的,由门框梅花牵出宇宙,浮云沧波踪迹不定。是人性,艺术,还是哲学,你也无暇计较,你不能制止你情绪的充溢,思想的驰骋,蛛丝梅花竟然是瞬息可以千里!

好比你是蜘蛛,你的周围也有你自织的蛛网,细致地牵引着天地,不怕多少次风雨来吹断它,你不会停止了这生命上基本的活动。此刻"……一枝斜好,幽香不知甚处……"

拿梅花来说吧，一串串丹红的结蕊缀在秀劲的傲骨上，最可爱，最可赏，等半绽将开地错落在老枝上时，你便会心跳！梅花最怕开；开了便没话说。索性残了，沁香拂散同夜里炉火都能成了一种温存的凄清。

记起了，也就是说到梅花，玉兰。初是有个朋友说起初恋时玉兰刚开完，天气每天的暖，住在湖旁，每夜跑到湖边林子里走路，又静坐幽僻石上看隔岸灯火，感到好像仅有如此虔诚地孤对一片泓碧寒星远市，才能把心里情绪抓紧了，放在最可靠最纯净的一撮思想里，始不至亵渎了或是惊着那"寤寐思服"的人儿。那是极年轻的男子初恋的情景，——对象渺茫高远，反而近求"自我的"郁结深浅——他问起少女的情绪。

就在这里，忽记起梅花。一枝两枝，老枝细枝，横着，虬着，描着影子，喷着细香；太阳淡淡金色地铺在地板上；四壁琳琅，书架上的书和书签都像在发出言语；墙上小对联记不得是谁的集句；中条是东坡的诗。你敛住气，简直不敢喘息，踮起脚，细小的身形嵌在书房中间，看残照当窗，花影摇曳，你像失落了什么，有点迷惘。又像"怪东风着意相寻"，有点儿没主意！浪漫，极端的浪漫。"飞花满地谁为扫？"你问，情绪风似的吹动，卷过，停留在惜花上面。再回头看看，花依旧嫣然不语。"如此娉婷，谁人解看花意，"你更沉默，几乎热情地感到花的寂寞，开始怜花，把同情统统诗意地交给了花心！

这不是初恋，是未恋，正自觉"解看花意"的时代。情绪的不同，不只是男子和女子有分别，东方和西方也甚有差异。情绪即使根本相同，情绪的象征，情绪所寄托，所栖止的事物却常常不同。水和星子同西方情绪的联系，早就成了习惯。一颗星子在蓝天里闪，一流冷涧倾泻一片幽愁的平静，便激起他们诗情的波涌，心里甜蜜地，热情地便唱着由那些鹅羽的笔锋散下来的"她的眼如同星子在暮天里闪"，或是"明丽如同单独的那颗星,照着晚来的天",或"多少次了,在一流碧水旁边,忧愁倚下她低垂的脸"。惜花,解花太东方,亲昵自然,含着人性的细致是东方传统的情绪。

此外年龄还有尺寸,一样是愁,却跃跃似喜,十六岁时的,微风零乱,不颓废,不空虚,踮着理想的脚充满希望,东方和西方却一样。人老了脉脉烟雨,愁吟或牢骚多折损诗的活泼。大家如香山,稼轩,东坡,放翁的白发华发,很少不梗在诗里,至少是令人不快。话说远了,刚说是惜花,东方老少都免不了这嗜好,这倒不论老的雪鬓曳杖,深闺里也就攒眉千度。

最叫人惜的花是海棠一类的"春红",那样娇嫩明艳,开过了残红满地,太招惹同情和伤感。但在西方即使也有我们同样的花,也还缺乏我们的廊庑庭院。有了"庭院深深深几许"才有一种庭院里特有的情绪。如果李易安的"斜风细雨"底下不是"重门须闭"也就不"萧条"得那样深沉可爱;李后主的"终日谁来"也一样的别有寂寞滋味。看花更须庭院,深深锁在里面认识,不时还得有轩窗栏杆,给你一点凭借,虽然也用不着十二栏杆倚遍,那么懦弱无聊。

当然旧诗里伤愁太多;一首诗竟像一张美的证券,可以照着市价去兑现!所以庭花,乱红,黄昏,寂寞太滥,诗常失却诚实。西洋诗,恋爱总站在前头,或是"忘掉",或是"记起",月是为爱,花也是为爱,只使全是真情,也未尝不太腻味。就以两边好的来讲。拿他们的月光同我们的月色比,似乎是月色滋味深长得多。花更不用说了;我们的花"不是预备采下缀成花球,或花冠献给恋人的",却是一树一树绰约的,个性的,自己立在情人的地位上接受恋歌的。

所以未恋时的对象最自然的是花，不是因为花而起的感慨，——十六岁时无所谓感慨，——仅是刚说过的自觉解花的情绪，寄托在那清丽无语的上边，你心折它绝韵孤高，你为花动了感情，实说你同花恋爱，也未尝不可，——那惊讶狂喜也不减于初恋。还有那凝望，那沉思……

一根蛛丝！记忆也同一根蛛丝，搭在梅花上就由梅花枝上牵引出去，虽未织成密网，这诗意的前后，也就是相隔十几年的情绪的联络。

午后的阳光仍然斜照，庭院阒然，离离疏影，房里窗棂和梅花依然伴和成为图案，两根蛛丝在冬天还可以算为奇迹，你望着它看，真有点像银，也有点像玻璃，偏偏那么斜挂在梅花的枝梢上。

彼　此

朋友又见面了，点点头笑笑，彼此晓得这一年不比往年，彼此是同增了许多经验。个别地说，这时间中每一人的经历虽都有特殊的形式，含着特殊的滋味，需要个别的情绪来分析来描述。

综合地说，这许多经验却是一整片仿佛同式同色，同大小，同分量的迷惘。你触着那一角，我碰上这一头，归根还是那一片迷惘笼罩着彼此。七月！——这两字就如同史歌的开头那么有劲——八月，九月带来了那狂风，后来，后来过了年，——那无法忘记的除夕！——又是那一月，二月，三月，到了七月，再接再厉的又到了年夜。现在又是一月二月在开始……谁记得最清楚，这串日子是怎样地延续下来，生活如何的变？想来彼此都不会记得过分清晰，一切都似乎在迷离中旋转，但谁又会忘掉那么切肤的重重忧患的网膜？

经过炮火或流浪的洗礼，变换又变换的日月，难道彼此脸上没有一点记载这经验的痕迹？但是当整一片国土纵横着创痕，大家都是"离散而相失……去故乡而就远"，自然"心婵媛而伤怀兮，眇不知其所蹠"，脸上所刻那几道并不使彼此惊讶，所以还只是笑笑好。口角边常添几道酸甜的纹路，可以帮助彼此咀嚼生活。何不默认这一点：在迷惘中人最应该有笑，这种的笑，虽然是敛住神经，敛住肌肉，仅是毅力的后背，它却是必需的，如同保护色对于许多生物，是必需的一样。

那一晚在××江心，某一来船的甲板上，热臭的人丛中，他记起他那时的困顿饥渴和狼狈，旋绕他头上的却是那真实倒如同幻象，幻象又成了真实的狂敌杀人的工具，敏捷而近代型的飞机：美丽得像鱼像鸟……这里黯然的一掬笑是必需的，因为同样的另外一个人懂得那原始的骤然唤起纯筋肉反射作用的恐怖。他也正在想那时他在××车站台上露宿，天上有月，左右有人，零落如同被风雨摧落后的落叶，瑟缩地蜷伏着，他们心里都在回味那一天他们所初次尝到的敌机的轰炸！谈话就可以这样无限制地延长，因为现在都这样的记忆，——比这样更辛辣苦楚的——在各人心里真是太多了！随便提起一个地名大家所熟悉的都会或商埠，随着全会涌起怎样的一个最后印象！

再说初入一个陌生城市的一天，——这经验现在又多普遍——尤其是在夜间，这里就把个别的情形和感触除外，在大家心底曾留下的还不是一剂彼此都熟识的清凉散？苦里带涩，那滋味侵入脾胃时，小小的冷噤会轻轻在背脊上爬过，用不着丝毫锐性的感伤！也许可以说他在那夜进入某某城内时，看到一列小店门前凄惶的灯，黄黄的发出奇异的晕光，使他嗓子里如梗着刺，感到一种发紧的触觉。你所记得的却是某一号车站后面黯白的煤气灯射到陌生的街心里，使你心里好像失落了什么。

那陌生的城市，在地图上指出时，你所经过的同他所经过的也可以有极大的距离，你同他当时的情形也可以完全的不相同。但是在这里，个别的异同似乎非常之不相干；相干的仅是你我会彼此点头，彼此会意，于是也会彼此地笑笑。

七月在卢沟桥与敌人开火以后，纵横中国土地上的脚印密密地衔接起来,更加增了中国地域广漠的证据。每个人参加过这广漠地面上流转的大韵律的,对于尘土和血,两件在寻常不多为人所理会的,极寻常的天然素质,现在每人在他个别的角上,对它们都发生了莫大亲切的认识。每一寸土,每一滴血,这种话,已是可接触,可把持的十分真实的事物,不仅是一句话一个"概念"而已。

在前线的前线,兴奋和疲劳已掺拌着尘土和血另成一种生活的形体魂魄。睡与醒中间,饥与食中间,生和死中间,距离短得几乎不存在!生活只是一股力,死亡一片沉默的恨,事情简单得无可再简单。尚在生存着的,继续着是力,死去的也继续着堆积成更大的恨。恨又生力,力又变恨,惘惘地却勇敢地循环着,其他一切则全是悬在这两者中间悲壮热烈地穿插。

在后方,事情却没有如此简单,生活仍然缓弛地伸缩着;食宿生死间距离恰像黄昏长影,长长的,尽向前引伸,像要扑入夜色,同夜融成一片模糊。在日夜宽泛的循回里于是穿插反更多了,真是天地无穷,人生长勤。生之穿插零乱而琐屑,完全无特殊的色泽或轮廓,更不必说英雄气息壮烈成分。斑斑点点仅像小血锈凝在生活上,在你最不经意中烙印生活。如果你有志不让生活在小处窳败,逐渐减损,由锐而钝,由张而弛,你就得更感谢那许多极平常而琐碎的摩擦,无日无夜地透过你的神经,肌肉或意识。这种时候,叹息是悬起了,因一切虽然细小,却绝非从前所熟识的感伤。每件经验都有它粗壮的真实,没有叹息的余地。口边那酸甜的纹路是实际哀乐所刻画而成,是一种坚忍韧性的笑。因为生活既不是简单的火焰时,它本身是很沉重,需要韧性地支持,需要产生这韧性支持的力量。

现在后方的问题,是这种力量的源泉在哪里?决不凭着平日均衡的理智，——那是不够的，天知道！尤其是在这时候，情感就在皮肤底下"踊跃其若汤"，似乎它所需要的是超理智的冲动！现在后方被缓的生活，紧的情感，两面摩擦得愁郁无快，居戚戚而不可解，每个人都可以苦恼而又热情地唱"终长夜之曼曼兮，掩此哀而不去，"或"宁溘死而流亡兮，不忍为此之常愁！"支持这日子的主力在哪里呢？你我生死，就不检讨它的意义以自大。也还需要一点结实的凭借才好。

我认得有个人，很寻常地过着国难日子的寻常人，写信给他朋友说，他的嗓子虽然总是那么干哑，他却要哑着嗓子私下告诉他的朋友：他感到无论如何在这时候，他为这可爱的老国家带着血活着，或流着血或不流着血死去，他都觉到荣耀，异乎寻常的，他现在对于生与死都必然感到满足。这话或许可以在许多心弦上叩起回响，我常思索这简单朴实的情感是从哪里来的。信念？像一道泉流透过意识，我开始明了理智同热血的冲动以外，还有个纯真的力量的出处。信心产生力量，又可储蓄力量。

信仰坐在我们中间多少时候了，你我可曾觉察到？信仰所给予我们的力量不也正是那坚忍韧性的倔强？我们都相信，我们只要都为它忠贞地活着或死去，我们的大国家自会永远地向前迈进，由一个时代到又一个时代。我们在这生是如此艰难，死是这样容易的时候，彼此仍会微笑点头的缘故也就在这里吧？现在生活既这样的彼此患难同味，这信心自是，我们此时最主要的联系，不信你问他为什么仍这样硬朗地活着，他的回答自然也是你的回答，如果他也问你。

信仰坐在我们中间多少时候了？那理智热情都不能代替的信心！

思索时许多事，在思流的过程中，总是那么晦涩，明了时自己都好笑所想到的是那么简单明显的事实！此时我拭下额汗，差不多可以意识到自己口边的纹路，我尊重着那酸甜的笑，因为我明白起来，它是力量。

话不用再说了，现在一切都是这么彼此，这么共同，个别的情绪这么不相干。当前的艰苦不是个别的，而是普遍的，充满整一个民族，整一个时代！我们今天所叫作生活的，过后它便是历史。客观的无疑我们彼此所熟识的艰苦正在展开一个大时代。所以别忽略了我们现在彼此地点点头。且最好让我们共同酸甜的笑纹，有力地，坚韧地，横过历史。

书·美好生活
Book & Life

不爱吃的味道,慢慢地接触,像谈恋爱一样,久而久之,便发生感情。一走进那个陌生的味道世界,宇宙便给我们打开,要研究的像天上的星星,一生一世的时间是不够的。

《今天也要好好吃饭:经典版》
——蔡澜

唯 其 是 脆 嫩

活在这非常富于刺激性的年头里,我敢喘一口气说,我相信一定有多数人成天里为观察听闻到的,牵动了神经,从跳动而有血裹着的心底下累积起各种的情感,直冲出嗓子,逼成了语言到舌头上来。这自然丰富的累积,有时更会倾溢出少数人的唇舌,再奔进到笔尖上,另具形式变成在白纸上驰骋的文字。这种文字便全是我们这个时代的出产,大家该千万珍视它!

现在,无论在哪里,假如有一个或多种的机会,我们能把许多这种自然触发出来的文字,交出给同时代的大众见面,因而或能激动起更多方面,更复杂的情感,和由这情感而形成更多方式的文字;一直造成了一大片丰富而且有力的创作的田壤,森林,江山……产生结结实实的我们这个时代特有的表情和文章;我们该不该诚恳地注意到这机会或能造出的事业,各人将各人的一点点心血献出来尝试?

假使,这里又有了机会联聚起许多人,为要介绍许多方面的文字,更进而研讨文章的质的方面;或指出以往文章的历程,或讲究到各种文章上比较的问题,进而无形地讲究到程度和标准等问题,我又敢相信,在这种景况下定会发生更严重鼓励写作的主动力。使创作界增加问题,或许。唯其是增加了问题,才助益到创造界的活泼和健康。文艺绝不是蓬勃丛生的野草。

我们可否直爽地承认一桩事？创作的鼓动时常要靠着刊物把它的成绩布散出去吹风，晒太阳，和时代的读者把晤的。被风吹冷了，太阳晒萎了，固常有的事。被读者所欢迎，所冷淡，或误会，或同情，归根应该都是激动创造力的药剂！至于，一来就高举趾，二来就气馁的作者，每个时代都免不了有他们起落踪迹。这个与创作界主体的展动只成枝节问题。哪一个创作兴旺的时代缺得了介绍散布作品的刊物，同那或能同情，或不了解的读众？

创作品是不能不与时代见面的，虽然作者的名姓，则并不一定。伟大作品没有和本时代见面，而被他时代发现珍视的固然有，但也只是偶然例外的事。希腊悲剧是在几万人面前唱演的，莎士比亚的戏更是街头巷尾的粗人都看得到的。到有刊物时代的欧洲，更不用说，一首诗文出来人人争买着看，就是中国在印刷艰难的时候，也是什么"传诵一时"；什么"人手一抄"……

创作的主力固在心底，但逼迫着这只有时间性的情绪语言而留它在空间里的，却常是刊物这一类的鼓励和努力所促成。

现走遍人间是能刺激起创作的主力。尤其在中国，这种日子，那一副眼睛看到了些什么，舌头底下不立刻紧急地想说话，乃至于歌泣！如果创作界仍然有点消沉寂寞的话——努力的少，尝试的稀罕——那或是有别的缘故而使然。我们问：能鼓励创作界的活跃性的是些什么？刊物是否可以救济这消沉的？努力过刊物的诞生的人们，一定知道刊物又时常会因为别的复杂原因而夭折的。它常是极脆嫩的孩儿……那么有创作冲动的笔锋，努力于刊物的手臂，此刻何不联在一起，再来一次合作逼着创造界又挺出一个新鲜的萌芽！管它将来能不能成田壤，成森林，成江山，一个萌芽是一个萌芽。脆嫩？唯其是脆嫩，我们大家才更要来爱护它。

这时代是我们特有的，结果我们单有情感而没有表现这情绪的艺术，眼看着后代人笑我们是黑暗时代的哑子，没有艺术，没有文章，乃至于怀疑到我们有没有情感！

回头再看到祖宗传流下那神气的衣钵，怎不觉得惭愧！说世乱，杜老头子过的是什么日子！辛稼轩当日的愤慨当使我们同情！……何必诉，诉不完。难道现在我们这时代没有形形色色的人物，喜剧悲剧般的人生作题？难道我们现时没有美丽，没有风雅，没有丑陋，恐慌，没有感慨，没有希望？！难道连经这些天灾战祸，我们都不会描述，身受这许多刺骨的辱痛，我们都不会愤慨高歌迸出一缕滚沸的血流？！

难道我们真麻木了不成？难道我们这时代的语辞真贫穷得不能达意？难道我们这时代真没有学问真没有文章？！朋友们努力挺出一根活的萌芽来，记着这个时代是我们的。

一 片 阳 光

放了假,春初的日子松弛下来。将午未午时候的阳光,橙黄的一片,由窗棂横浸到室内,晶莹地四处射。我有点发怔,习惯地在沉寂中惊讶我的周围。我望着太阳那湛明的体质,像要辨别它那交织绚烂的色泽,追逐它那不着痕迹的流动。看它洁净地映到书桌上时,我感到桌面上平铺着一种恬静,一种精神上的豪兴,情趣上的闲逸;即或所谓"窗明几净",那里默守着神秘的期待,漾开诗的气氛。那种静,在静里似可听到那一处琤琮的泉流,和着仿佛是断续的琴声,低诉着一个幽独者自娱的音调。看到这同一片阳光射到地上时,我感到地面上花影浮动,暗香吹拂左右,人随着晌午的光霭花气在变幻,那种动,柔谐婉转有如无声音乐,令人悠然轻快,不自觉地脱落伤愁。至多,在舒扬理智的客观里使我偶一回头,看看过去幼年记忆步履所留的残迹,有点儿惋惜时间;微微怪时间不能保存情绪,保存那一切情绪所曾流连的境界。

倚在软椅上不但奢侈,也许更是一种过失,有闲的过失。但东坡的辩护"懒者常似静,静岂懒者徒",不是没有道理。如果此刻不倚榻上而"静",则方才情绪所兜的小小圈子便无条件地失落了去!人家就不可惜它,自己却实在不能不感到这种亲密的损失的可哀。

就说它是情绪上的小小旅行吧,不走并无不可,不过走走未始不是更好。归根说,我们活在这世上到底最珍惜一些什么?果真珍惜万物之灵的人的活动所产生的种种，所谓人类文化？这人类文化到底又靠一些什么？我们怀疑或许就是人身上那一撮精神同机体的感觉，生理心理所共起的情感，所激发出的一串行为，所聚敛的一点智慧，——那么一点点人之所以为人的表现。宇宙万物客观的本无所可珍惜，反映在人性上的山川草木禽兽才开始有了秀丽，有了气质，有了灵犀。反映在人性上的人自己更不用说。没有人的感觉，人的情感，即便有自然，也就没有自然的美，质或神方面更无所谓人的智慧，人的创造，人的一切生活艺术的表现！这样说来，谁该鄙弃自己感觉上的小小旅行？为壮壮自己胆子，我们更该相信惟其人类有这类情绪的驰骋，实际的世间才赓续着产生我们精神所寄托的文物精粹。

此刻我竟可以微微一咳嗽，乃至于用播音的圆润口调说：我们既然无疑的珍惜文化，即尊重盘古到今种种的艺术——无论是抽象的思想的艺术，或是具体的驾驭天然材料另创的非天然形象，——则对于艺术所由来的渊源，那点点人的感觉，人的情感智慧（通称人的情绪），又当如何的珍惜才算合理？

但是情绪的驰骋，显然不是诗或画或任何其他艺术建造的完成。这驰骋此刻虽占了自己生活的若干时间，却并不在空间里占任何一个小小位置！这个情形自己需完全明了。此刻它仅是一种无踪迹的流动，并无栖身的形体。它或含有各种或可捉摸的素质，但是好奇地探讨这个素质而具体要表现它的差事，无论其有无意义，除却本人外，别人是无能为力的。我此刻为着一片清婉可喜的阳光，分明自己在对内心交流变化的各种联想发生一种兴趣的注意，换句话说，这好奇与兴趣的注意已是我此刻生活的活动。一种力量又迫着我来把握住这个活动，而设法表现它，这不易抑制的冲动，或即所谓艺术冲动也未可知！只记得冷静的杜工部散散步，看看花，也不免会有"江上被花恼不彻，无处告诉只颠狂"的情绪上一片紊乱！玲珑煦暖的阳光照人面前，那美的感人力量就不减于花，不容我生硬地自己把情绪分划为有闲与实际的两种，而权其轻重，然后再决定取舍的。我也只有情绪上的一片紊乱。

情绪的旅行本偶然的事，今天一开头并为着这片春初晌午的阳光，现在也还是为着它。房间内有两种奢侈的光常叫我的心绪紧张如同花开，趁着感觉的微风，深浅零乱于冷智的枝叶中间。一种是烛光，高高的台座，长垂的烛泪，熊熊红焰当帘幕四下时各处光影掩映。那种闪烁明艳，雅有古意，明明是画中景象，却含有更多诗的成分。另一种便是这初春晌午的阳光，到时候有意无意的大片子洒落满室，那些窗棂栏板几案笔砚浴在光霭中，一时全成了静物图案；再有红蕊细枝点缀几处，室内更是轻香浮溢，叫人俯仰全触到一种灵性。

这种说法怕有点会发生误会，我并不说这片阳光射入室内，需要笔砚花香那些儒雅的托衬才能动人，我的意思倒是：室内顶寻常的一些供设，只要一片阳光这样又幽娴又洒脱地落在上面，一切都会带上另一种动人的气息。

这里要说到我最初认识的一片阳光。那年我六岁，记得是刚刚出了水珠以后——水珠即寻常水痘，不过我家乡的话叫它做水珠。当时我很喜欢那美丽的名字，忘却它是一种病，因而也觉到一种神秘的骄傲。只要人过我窗口问问出"水珠"么？我就感到一种荣耀。那个感觉至今还印在脑子里。也为这个缘故，我还记得病中奢侈的愉悦心境。虽然同其他多次的害病一样，那次我仍然是孤独的被囚禁在一间房屋里休养的。那是我们老宅子里最后的一间房子；白粉墙围着小小院子，北面一排三间，当中夹着一个开敞的厅堂。我病在东头娘的卧室里。西头是婶婶的住房。娘同婶永远要在祖母的前院里行使她们女人们的职务的，于是我常是这三间房屋唯一留守的主人。

在那三间屋子里病着,那经验是难堪的。时间过得特别慢,尤其是在日中毫无睡意的时候。起初,我仅集注我的听觉在各种似脚步又不似脚步的上面。猜想着,等候着,希望着人来。间或听听隔墙各种琐碎的声音,由墙基底下传达出来又消敛了去。过一会儿,我就不耐烦了——不记得是怎样的,我就蹑着脚,挨着木床走到房门边。房门向着厅堂斜斜地开着一扇,我便扶着门框好奇地向外探望。

那时大概刚是午后两点钟光景,一张刚开过饭的八仙桌,异常寂寞地立在当中。桌下一片由厅口处射进来的阳光,泄泄融融地倒在那里。一个绝对悄寂的周围伴着这一片无声的金色的晶莹,不知为什么,忽使我六岁孩子的心里起了一次极不平常的振荡。

那里并没有几案花香,美术的布置,只是一张极寻常的八仙桌。如果我的记忆没有错,那上面在不多时间以前,是刚陈列过咸鱼、酱菜一类极寻常俭朴的午餐的。小孩子的心却呆了。或许两只眼睛倒张大一点,四处地望,似乎在寻觅一个问题的答案。为什么那片阳光美得那样动人?我记得我爬到房内窗前的桌子上坐着,有意无意地望望窗外,院里粉墙疏影同室内那片金色和煦绝然不同趣味。顺便我翻开手边娘梳妆用的旧式镜箱,又上下摇动那小排状抽屉,同那刻成花篮形小铜坠子,不时听雀跃过枝清脆的鸟语。心里却仍为那片阳光隐着一片模糊的疑问。

时间经过二十多年,直到今天,又是这样一泄阳光,一片不可捉摸,不可思议流动的而又恬静的瑰宝,我才明白我那问题是永远没有答案的。事实上仅是如此:一张孤独的桌,一角寂寞的厅堂。一只灵巧的镜箱,或窗外断续的鸟语,和水珠——那美丽小孩子的病名——便凑巧永远同初春静沉的阳光整整复斜斜地成了我回忆中极自然的联想。

山　西　通　信

××：

居然到了山西，天是透明的蓝，白云更流动得使人可以忘记很多的事，单单在一点什么感情底下，打滴溜转；更不用说到那山山水水，小堡垒，村落，反映着夕阳的一角庙，一座塔！景物是美得到处使人心慌心痛。

我是没有出过门的，没有动身之前不容易动，走出来之后却就不知道如何流落才好。旬日来眼看去的都是图画，日子都是可以歌唱的古事。黑夜里在山场里看河南来到山西的匠人，围住一个大红炉子打铁，火花和铿锵的声响，散到四团黑影里去。微月中步行寻到田垄废庙，划一根"取灯"偷偷照看那瞭望观音的脸，一片平静。几百年来，没有动过感情的，在那一闪光底下，倒像挂上一缕笑意。

我们因为探访古迹走了许多路；在种种情形之下感慨于古今兴废。在草丛里读碑碣，在砖堆中间偶然碰到菩萨的一双手一个微笑，都是可以激动起一些不平常的感觉来的。乡村的各种浪漫的位置，秀丽天真；中间人物维持着老老实实的鲜艳颜色，老的扶着拐杖，小的赤着胸背，沿路上点缀的，尽是他们明亮的眼睛和笑脸。由北平城里来的我们，东看看，西走走，夕阳背在背上，真和掉在另一个世界里一样！云块，天，和我们之间似乎失掉了一切障碍。我乐时就高兴地笑，笑声一直散到对河对山，说不定哪一个林子，哪一个村落里去！我感觉到一种平坦，竟许是辽阔，和地面恰恰平行着舒展开来，感觉的最边沿的边沿，和大地的边沿，永远赛着向前伸……

我不会说，说起来也只是一片疯话人家不耐烦听。以我描写一些实际情形我又不大会，总而言之，远地里，一片田亩有人在工作，上面青的，黄的，紫的，分行的长着；每一处山坡上，有人在走路，放羊，迎着阳光，背着阳光，投射着转动的光影；每一个小城，前面站着城楼，旁边睡着小庙，那里又托出一座石塔，神和人，都服帖的，满足的，守着他们那一角天地，近地里，则更有的是热闹，一条街里站满了人，孩子头上梳着三个小辫子的，四个小辫子的，乃至于五六个小辫子的，衣服简单到只剩一个红兜肚，上面隐约也绣有她嬷嬷挑的两三朵花！

娘娘庙前面树荫底下，你又能阻止谁来看热闹？教书先生出来了，军队里兵卒拉着马过来了，几个女人娇羞地手拉着手，也扭着来站在一边，小孩子争着挤，看我们照相，拉皮尺量平面，教书先生帮忙我们拓碑文。说起来这个那个庙，都是年代可多了，什么时候盖的，谁也说不清了！说话之人来得太多，我们工作实在发生困难了，可是我们大家都挺高兴的，小孩子一边抱着饭碗吃饭，一边睁着大眼看，一点子也不松懈。

我们走时总是一村子的人来送的，儿媳妇指着说给老婆婆听，小孩们跑着还要跟上一段路。开栅镇，小相村，大相村，哪一处不是一样的热闹，看到北齐天保三年造像碑，我们不小心地，漏出一个惊异的叫喊，他们乡里弯着背的，老点儿的人，就也露出一个得意的微笑，知道他们村里的宝贝,居然吓着这古怪的来客了。"年代多了吧?"他们骄傲地问。"多了多了。"我们高兴地回答,"差不多一千四百年了。""呀,一千四百年!"我们便一齐骄傲起来。

我们看看这里金元重修的,那里明季重修的殿宇,讨论那式样做法的特异处,塑像神气,手续,天就渐渐黑下来,嘴里觉到渴,肚里觉到饿,才记起一天的日子圆圆整整的就快结束了。回来躺在床上绮丽鲜明的印象仍然挂在眼睛前边,引导着种种适意的梦,同时晚饭上所吃的菜蔬果子,便给养充实着,我们明天的精力,直到一大颗太阳,红红的照在我们的脸上。

悼 志 摩

十一月十九日我们的好朋友，许多人都爱戴的新诗人，徐志摩突兀的，不可信的，残酷的，在飞机上遇险而死去。这消息在二十日的早上像一根针刺猛触到许多朋友的心上，顿使那一早的天墨一般地昏黑，哀恸的哽咽锁住每一个人的嗓子。

志摩……死……谁曾将这两个句子联在一处想过！他是那样活泼的一个人，那样刚刚站在壮年的顶峰上的一个人。朋友们常常惊讶他的活动，他那像小孩般的精神和认真，谁又会想到他死？

突然地，他闯出我们这共同的世界，沉入永远的静寂，不给我们一点预告，一点准备，或是一个最后希望的余地。这种几乎近于忍心的决绝，那一天不知震麻了多少朋友的心？现在那不能否认的事实，仍然无情地挡住我们前面。任凭我们多苦楚地哀悼他的惨死，多迫切地希冀能够仍然接触到他原来的音容，事实是不会为体贴我们这悲念而有些须更改；而他也再不会为不忍我们这伤悼而有些须活动的可能！这难堪的永远静寂和消沉便是死的最残酷处。

我们不迷信地，没有宗教地望着这死的帷幕，更是丝毫没有把握。张开口我们不会呼吁，闭上眼不会入梦，徘徊在理智和情感的边沿，我们不能预期后会，对这死，我们只是永远发怔，吞咽枯涩的泪，待时间来剥削着哀恸的尖锐，痂结我们每次悲悼的创伤。那一天下午初得到消息的许多朋友不是全跑到胡适之先生家里么？但是除却拭泪相对，默然围坐外，谁也没有主意，谁也不知有什么话说，对这死！

谁也没有主意，谁也没有话说！事实不容我们安插任何的希望，情感不容我们不伤悼这突兀的不幸，理智又不容我们有超自然的幻想！默然相对，默然围坐……而志摩则仍是死去没有回头，没有音讯，永远地不会回头，永远地不会再有音讯。

我们中间没有绝对信命运之说的，但是对着这不测的人生，谁不感到惊异，对着那许多事实的痕迹又如何不感到人力的脆弱，智慧的有限。世事尽有定数？世事尽是偶然？对这永远的疑问我们什么时候能有完全的把握？

在我们前边展开的只是一堆坚质的事实：

"是的，他十九晨有电报来给我……"

"十九早晨，是的！说下午三点准到南苑，派车接……"

"电报是九时从南京飞机场发出的……"

"刚是他开始飞行以后所发……"

"派车接去了，等到四点半……说飞机没有到……"

"没有到……航空公司说济南有雾……很大……"只是一个钟头的差别;下午三时到南苑,济南有雾!谁相信就是这一个钟头中便可以有这么不同事实的发生,志摩,我的朋友!

他离平的前一晚我仍见到,那时候他还不知道他次晨南旅的,飞机改期过三次,他曾说如果再改下去,他便不走了的。我和他同由一个茶会出来,在总布胡同口分手。在这茶会里我们请的是为太平洋会议来的一个柏雷博士,因为他是志摩生平最爱慕的女作家曼殊斐儿的姊丈,志摩十分地殷勤;希望可以再从柏雷口中得些关于曼殊斐儿早年的影子,只因限于时间,我们茶后匆匆地便散了。晚上我有约会出去了,回来时很晚,听差说他又来过,适遇我们夫妇刚走,他自己坐了一会儿,喝了一壶茶,在桌上写了些字便走了。我到桌上一看——

"定明早六时飞行,此去存亡不卜……"我怔住了,心中一阵不痛快,却忙给他一个电话。

"你放心。"他说,"很稳当的,我还要留着生命看更伟大的事迹呢,哪能便死?……"

话虽是这样说,他却是已经死了整两周了!

现在这事实一天比一天更结实,更固定,更不容否认。志摩是死了,这个简单残酷的实际早又添上时间的色彩,一周,两周,一直地增长下去……

我不该在这里语无伦次地尽管呻吟我们做朋友的悲哀情绪。归根说,读者抱着我们文字看,也就是像志摩的请柏雷一样,要从我们口里再听到关于志摩的一些事。这个我明白,只怕我不能使你们满意,因为关于他的事,动听的,使青年人知道这里有个不可多得的人格存在的,实在太多,绝不是几千字可以表达得完。谁也得承认像他这样的一个人世间便不轻易有几个的,无论在中国或是外国。

我认得他,今年整十年,那时候他在伦敦经济学院,尚未去康桥。我初次遇到他,也就是他初次认识到影响他迁学的逖更生先生。不用说他和我父亲最谈得来,虽然他们年岁上差别不算少,一见面之后便互相引为知己。他到康桥之后由逖更生介绍进了皇家学院,当时和他同学的有我姊丈温君源宁。一直到最近两个月中源宁还常在说他当时的许多笑话,虽然说是笑话,那也是他对志摩最早的一个惊异的印象。志摩认真的诗情,绝不含有丝毫矫伪,他那种痴,那种孩子似的天真实能令人惊讶。源宁说,有一天他在校舍里读书,外边下了倾盆大雨——惟是英伦那样的岛国才有的狂雨——忽然他听到有人猛敲他的房门,外边跳进一个被雨水淋得全湿的客人。不用说他便是志摩,一进门一把扯着源宁向外跑,说快我们到桥上去等着。这一来把源宁怔住了,他问志摩等什么在这大雨里。志摩睁大了眼睛,孩子似的高兴地说"看雨后的虹去"。源宁不止说他不去,并且劝志摩趁早将湿透的衣服换下,再穿上雨衣出去,英国的湿气岂是儿戏,志摩不等他说完,一溜烟地自己跑了!

以后我好奇地曾问过志摩这故事的真确,他笑着点头承认这全段故事的真实。我问:那么下文呢,你立在桥上等了多久,并且看到虹了没有?他说记不清但是他居然看到了虹。我诧异地打断他对那虹的描写,问他:怎么他便知道,准会有虹的。他得意地笑答我说:"完全诗意的信仰!"

"完全诗意的信仰",我可要在这里哭了!也就是为这"诗意的信仰"

他硬要借航空的方便达到他"想飞"的夙愿!"飞机是很稳当的,"他说,"如果要出事那是我的运命!"他真对运命这样完全诗意的信仰!

志摩我的朋友,死本来也不过是一个新的旅程,我们没有到过的,不免过分地怀疑,死不定就比这生苦,"我们不能轻易断定那一边没有阳光与人情的温慰",但是我前边说过最难堪的是这永远的静寂。我们生在这没有宗教的时代,对这死实在太没有把握了。这以后许多思念你的日子,怕要全是昏暗的苦楚,不会有一点点光明,除非我也有你那美丽的诗意的信仰!

我个人的悲绪不竟又来扰乱我对他生前许多清晰的回忆,朋友们原谅。

诗人的志摩用不着我来多说,他那许多诗文便是估价他的天平。我们新诗的历史才是这样的短,恐怕他的判断人尚在我们儿孙辈的中间。我要谈的是诗人之外的志摩。人家说志摩的为人只是不经意的浪漫,志摩的诗全是抒情诗,这断语从不认识他的人听来可以说很公平,从他朋友们看来实在是对不起他。志摩是个很古怪的人,浪漫固然,但他人格里最精华的却是他对人的同情,和蔼和优容;没有一个人他对他不和蔼,没有一种人,他不能优容,没有一种的情感,他绝对地不能表同情。我不说了解,因为不是许多人爱说志摩最不解人情么?我说他的特点也就在这上头。

我们寻常人就爱说了解;能了解的我们便同情,不了解的我们便很落寞乃至于酷刻。表同情于我们能了解的,我们以为很适当;不表同情于我们不能了解的,我们也认为很公平。志摩则不然,了解与不了解,他并没有过分地夸张,他只知道温存,和平,体贴,只要他知道有情感的存在,无论出自何人,在何等情况下,他理智上认为适当与否,他全能表几分同情，他真能体会原谅他人与他自己不相同处。从不会刻薄地单支出严格的逼仄的道德的天平指摘凡是与他不同的人。他这样的温和，这样的优容，真能使许多人惭愧，我可以忠实地说，至少他要比我们多数的人伟大许多；他觉得人类各种的情感动作全有它不同的，价值放大了的人类的眼光，同情是不该只限于我们划定的范围内。他是对的，朋友们，归根说，我们能够懂得几个人，了解几桩事，几种情感？哪一桩事，哪一个人没有多面的看法！为此说来志摩的朋友之多，不是个可怪的事；凡是认得他的人不论深浅对他全有特殊的感情，也是极自然的结果。而反过来看他自己在他一生的过程中却是很少得着同情的。不止如是，他还曾为他的一点理想的愚诚几次几乎不见容于社会。但是他却未曾为这个而鄙吝他给他人的同情心，他的性情，不曾为受了刺激而转变刻薄暴戾过，谁能不承认他几有超人的宽量。

志摩的最动人的特点，是他那不可信的纯净的天真，对他的理想的愚诚，对艺术欣赏的认真，体会情感的切实，全是难能可贵到极点。他站在雨中等虹，他甘冒社会的大不韪争他的恋爱自由；他坐曲折的火车到乡间去拜哈岱，他抛弃博士一类的引诱卷了书包到英国，只为要拜罗素做老师，他为了一种特异的境遇，一时特异的感动，从此在生命途中冒险，从此抛弃所有的旧业，只是尝试写几行新诗——这几年新诗尝试的运命并不太令人踊跃，冷嘲热骂只是家常便饭——他常能走几里路去采几茎花，费许多周折去看一个朋友说两句话；这些，还有许多，都不是我们寻常能够轻易了解的神秘。我说神秘，其实竟许是傻，是痴！事实上他只是比我们认真，虔诚到傻气，到痴！他愉快起来他的快乐的翅膀可以碰得到天，他忧伤起来，他的悲戚是深得没有底。寻常评价的衡量在他手里失了效用，利害轻重他自有他的看法，纯是艺术的情感的脱离寻常的原则，所以往常人常听到朋友们说到他总爱带着嗟叹的口吻说："那是志摩，你又有什么法子！"他真的是个怪人么？朋友们，不，一点都不是,他只是比我们近情,近理,比我们热诚,比我们天真,比我们对万物都更有信仰,对神,对人,对灵,对自然,对艺术!

朋友们,我们失掉的不只是一个朋友,一个诗人,我们丢掉的是极难得可爱的人格。

至于他的作品全是抒情的么?他的兴趣只限于情感么?更是不对。志摩的兴趣是极广泛的。就有几件,说起来,不认得他的人便要奇怪。他早年很爱数学,他始终极喜欢天文,他对天上星宿的名字和部位就认得很多,最喜暑夜观星,好几次他坐火车都是带着关于宇宙的科学的书。他曾经译过爱因斯坦的相对论,并且在一九二二年便写过一篇关于相对论的东西登在《民铎》杂志上。他常向思成说笑:"任公先生的相对论的知识还是从我徐君志摩大作得来的呢,因为他说他看过许多关于爱因斯坦的哲学都未曾看懂,看到志摩的那篇才懂了。"今夏我在香山养病,他常来闲谈,有一天谈到他幼年上学的经过和美国克莱克大学两年学经济学的景况,我们不禁对笑了半天,后来他在他的《猛虎集》的"序"里也说了那么一段。可是奇怪的!他不像许多天才,幼年里上学,不是不及格,便是被斥退,他是常得优等的,听说有一次康乃尔暑校里一个极严的经济教授还写了信去克莱克大学教授那里恭维他的学生,关于一门很难的功课。我不是为志摩在这里夸张,因为事实上只有为了这桩事,今夏志摩自己便笑得不亦乐乎!

此外,他的兴趣对于戏剧绘画都极深浓,戏剧不用说,与诗文是那么接近,他领略绘画的天才也颇为可观,后期印象派的几个画家,他都有极精密的爱恶,对于文艺复兴时代那几位,他也很熟悉,他最爱鲍蒂切利和达文骞。自然他也常承认文人喜画常是间接地受了别人论文的影响,他的,就受了法兰(Roger Fry)和斐德(Walter Pater)的不少。对于建筑审美他常常对思成和我道歉说："太对不起，我的建筑常识全是拉斯金那一套。"他知道我们是讨厌拉斯金的。但是为看一个古建的残址，一块石刻，他比任何人都热心，都更能静心领略。

他喜欢色彩，虽然他自己不会作画，暑假里他曾从杭州给我几封信，他自己叫它们作"描写的水彩画"，他用英文极细致地写出西（边？）桑田的颜色，每一分嫩绿，每一色鹅黄，他都仔细地观察到。又有一次他望着我园里一带断墙半响不语，过后他告诉我说，他正在默默体会，想要描写那墙上向晚的艳阳和刚刚入秋的藤萝。

对于音乐，中西的他都爱好，不止爱好，他那种热心便唤醒过北京一次——也许唯一的一次——对音乐的注意。谁也忘不了那一年，克拉斯拉到北京在"真光"拉一个多钟头的提琴。对旧剧他也得算"在行"，他最后在北京那几天我们曾接连地同去听好几出戏，回家时我们讨论的热闹，比任何剧评都诚恳都起劲。

谁相信这样的一个人，这样忠实于"生"的一个人，会这样早地永远地离开我们另投一个世界，永远地静寂下去，不再透些许声息！

我不敢再往下写，志摩若是有灵听到比他年轻许多的一个小朋友拿着老声老气的语调谈到他的为人不觉得不快么？这里我又有个极难堪的回忆，那一年他在这同一个的报纸上写了那篇伤我父亲惨故的文章，这梦幻似的人生转了几个弯，曾几何时，却轮到我在这风紧夜深里握吊他的惨变。这是什么人生？什么风涛？什么道路？志摩，你这最后的解脱未始不是幸福，不是聪明，我该当羡慕你才是。

纪念志摩去世四周年

今天是你走脱这世界的四周年！朋友，我们这次拿什么来纪念你？前两次的用香花感伤地围上你的照片，抑住嗓子底下叹息和悲哽，朋友和朋友无聊地对望着，完成一种纪念的形式，俨然是愚蠢的失败。因为那时那种近于伤感，而又不够宗教庄严的举动，除却点明了你和我们中间的距离，生和死的间隔外，实在没有别的成效；几乎完全不能达到任何真实纪念的意义。

去年今日我意外地由浙南路过你的家乡，在昏沉的夜色里我独立火车门外，凝望着那幽暗的站台，默默地回忆许多不相连续的过往残片，直到生和死间居然幻成一片模糊，人生和火车似的蜿蜒一串疑问在苍茫间奔驰。我想起你的：

> 火车擒住轨，在黑夜里奔
> 过山，过水，过……

如果那时候我的眼泪曾不自主地溢出睫外，我知道你定会原谅我的。你应当相信我不会向悲哀投降，什么时候我都相信倔强的忠于生的，即使人生如你底下所说：

就凭那精窄的两道，算是轨，
驮着这份重，梦一般的累坠！

就在那时候我记得火车慢慢地由站台拖出，一程一程地前进，我也随着酸怆的诗意，那"车的呻吟"，"过荒野，过池塘……过噤口的村庄"。到了第二站——我的一半家乡。

今年又轮到今天这一个日子！世界仍旧一团糟，多少地方是黑云布满着粗筋络往理想的反面猛进，我并不在瞎说，当我写：

信仰只一细炷香，
那点子亮再经不起西风
沙沙的隔着梧桐树吹

朋友，你自己说，如果是你现在坐在我这位子上，迎着这一窗太阳：眼看着菊花影在墙上描画作态；手臂下倚着两叠今早的报纸；耳朵里不时隐隐地听着朝阳门外"打靶"的枪弹声；意识的，潜意识的，要明白这生和死的谜，你又该写成怎样一首诗来，纪念一个死别的朋友？

此时，我却是完全的一个糊涂！习惯上我说，每桩事都像是造物的意旨，归根都是运命，但我明知道每桩事都有我们自己的影子在里面烙印着！我也知道每一个日子是多少机缘巧合凑拢来拼成的图案，但我也疑问其间的摆布谁是主宰。据我看来：死是悲剧的一章，生则更是一场悲剧的主干！我们这一群剧中的角色自身性格与性格矛盾；理智与情感两不相容；理想与现实当面冲突，侧面或反面激成悲哀。日子一天一天向前转，昨日和昨日堆垒起来混成一片不可避脱的背景，做成我们周遭的墙壁或气氛，那么结实又那么缥缈，使我们每一人站在每一天的每一个时候里都是那么主要，又是那么渺小无能为！

此刻我几乎找不出一句话来说，因为，真的，我只是个完全的糊涂；感到生和死一样的不可解，不可懂。

但是我却要告诉你，虽然四年了你脱离去我们这共同活动的世界，本身停掉参加牵引事体变迁的主力，可是谁也不能否认，你仍立在我们烟涛渺茫的背景里，间接地是一种力量，尤其是在文艺创造的努力和信仰方面。间接地你任凭自然的音韵，颜色，不时的风清月白，人的无定律的一切情感，悠断悠续地仍然在我们中间继续着生，仍然与我们共同交织着这生的纠纷，继续着生的理想。你并不离我们太远。你的身影永远挂在这里那里，同你生前一样的飘忽，爱在人家不经意时莅止，带来勇气的笑声也总是那么嘹亮，还有，还有经过你热情或焦心苦吟的那些诗，一首一首仍串着许多人的心旋转。

说到你的诗，朋友，我正要正经地同你再说一些话。你不要不耐烦。这话迟早我们总要说清的。人说盖棺论定，前者早已成了事实，这后者在这四年中，说来叫人难受，我还未曾读到一篇中肯或诚实的论评，虽然对你的赞美和攻讦由你去世后一两周间，就纷纷开始了。但是他们每人手里拿的都不像纯文艺的天平；有的喜欢你的为人，有的疑问你私人的道德；有的单单尊崇你诗中所表现的思想哲学，有的仅喜爱那些软弱的细致的句子，有的每发议论必需牵涉到你的个人生活之合乎规矩方圆，或断言你是轻薄，或引证你是浮奢豪侈！朋友，我知道你从不介意过这些，许多人的浅陋老实或刻薄处你早就领略过一堆，你不止未曾生过气，并且常常表现怜悯同原谅；你的心情永远是那么洁净；头老抬得那么高；胸中老是那么完整的诚挚；臂上老有那么许多不折不挠的勇气。但是现在的情形与以前却稍稍不同，你自己既已不在这里,做你朋友的,眼看着你被误解,曲解,乃至于谩骂,有时真忍不住替你不平。

但你可别误会我心眼儿窄,把不相干的看成重要,我也知道误解曲解谩骂,都是不相干的,但是朋友,我们谁都需要有人了解我们的时候,真了解了我们,即使是痛下针砭,骂着了我们的弱处错处,那整个的我们却因而更增添了意义,一个作家文艺的总成绩更需要一种就文论文,就艺术论艺术的和平判断。

你在《猛虎集》"序"中说"世界上再没有比写诗更惨的事",你却并未说明为什么写诗是一桩惨事,现在让我来个注脚好不好?我看一个人一生为着一个愚诚的倾向,把所感受到的复杂的情绪尝味到的生活,放到自己的理想和信仰的锅炉里烧炼成几句悠扬铿锵的语言(哪怕是几声小唱),来满足他自己本能的艺术的冲动,这本来是个极寻常的事。哪一个地方哪一个时代,都不断有这种人。轮着做这种人的多半是为着他情感来得比寻常人浓富敏锐,而为着这情感而发生的冲动更是非实际的——或不全是实际的——追求,而需要那种艺术的满足而已。说起来写诗的人的动机多么简单可怜,正是如你"序"里所说"我们都是受支配的善良的生灵"!虽然有些诗人因为他们的成绩特别高厚广阔包括了多数人,或整个时代的艺术和思想的冲动,从此便在人间披上神秘的光圈,使"诗人"两字无形中挂着崇高的色彩。这样使一般努力于用韵文表现或描画人在自然万物相交错时的情绪思想的,便被人的成见看作夸大狂的旗帜,需要同时代人的极冷酷地讥讪和不信任来扑灭它,以挽救人类的尊严和健康。

我承认写诗是惨淡经营,孤立在人中挣扎的勾当,但是因为我知道太清楚了,你在这上面单纯的信仰和诚恳的尝试,为同业者奋斗,卫护他们的情感的愚诚,称扬他们艺术的创造,自己从未曾求过虚荣,我觉得你始终是很逍遥舒畅的。如你自己所说："满头血水"，你"仍不曾低头"，你自己相信"一点性灵还在那里挣扎"，"还想在实际生活的重重压迫下透出一些声响来"。

简单地说，朋友，你这写诗的动机是坦白不由自主的，你写诗的态度是诚实，勇敢而倔强的。这在讨论你诗的时候，谁都先得明了的。

至于你诗的技巧问题，艺术上的造诣，在这新诗仍在彷徨歧路的尝试期间，谁也不能坚决地论断，不过有一桩事我很想提醒现在讨论新诗的人，新诗之由于无条件无形制宽泛到几乎没有一定的定义时代，转入这讨论外形内容，以至于音节韵脚章句意象组织等艺术技巧问题的时期，即是根据着对这方面努力尝试过的那一些诗，你的头两个诗集子就是供给这些讨论见解最多材料的根据。外国的土话说"马总得放在马车的前面"不是？没有一些尝试的成绩放在那里，理论家是不能老在那里发一堆空头支票的，不是？

你自己一向不止在那里倔强地尝试用功，你还会用尽你所有活泼的热心鼓励别人尝试，鼓励"时代"起来尝试，——这种工作是最犯风头嫌疑的，也只有你胆子大头皮硬顶得下来！我还记得你要印诗集子时我替你捏一把汗，老实说还替你在有文采的老前辈中间难为情过，我也记得我初听到人家找你办《晨报副刊》时我的焦急，但你居然板起个脸抓起两把鼓槌子为文艺吹打开路乃至于扫地，铺鲜花，不顾旧势力的非难，新势力的怀疑，你干你的事"事有人为，做了再说"那股子劲，以后别处也还很少见。

现在你走了，这些事渐渐在人的记忆中模糊下来，你的诗和文章也散漫在各小本集子里，压在有极新鲜的封皮的新书后面，谁说起你来，不是马马虎虎地承认你是过去中一个势力，就是拿能够挑剔看轻你的诗为本事（散文人家很少提到，或许"散文家"没有诗人那么光荣，不值得注意），朋友，这是没法子的事，我却一点不为此灰心，因为我有我的信仰。

我认为我们这写诗的动机既如前面所说那么简单愚诚；因在某一时，或某一刻敏锐地接触到生活上的锋芒，或偶然地触遇到理想峰巅上云彩星霞，不由得不在我们所习惯的语言中，编缀出一两串近于音乐的句子来，慰藉自己，解放自己，去追求超实际的真美，读诗者的反应一定有一大半也和我们这写诗的一样诚实天真，仅想在我们句子中间由音乐性的愉悦，接触到一些生活的底蕴渗合着美丽的憧憬；把我们的情绪给他们的情绪搭起一座浮桥；把我们的灵感，给他们生活添些新鲜；把我们的痛苦伤心再揉成他们自己忧郁的安慰！

我们的作品会不会再长存下去，就看它们会不会活在那一些我们从来不认识的人，我们作品的读者，散在各时、各处互相不认识的孤单的人的心里的，这种事它自己有自己的定律，并不需要我们的关心的。你的诗据我所知道的，它们仍旧在这里浮沉流落，你的影子也就浓淡参差地系在那些诗句中，另一端印在许多不相识人的心里。朋友，你不要过于看轻这种间接的生存，许多热情的人他们会为着你的存在，而加增了生的意识的。伤心的仅是那些你最亲热的朋友们和同兴趣的努力者，你不在他们中间的事实，将要永远是个不能填补的空虚。

你走后大家就提议要为你设立一个"志摩奖金"来继续你鼓励人家努力诗文的素志，勉强象征你那种对于文艺创造拥护的热心，使不及认得你的青年人永远对你保存着亲热。如果这事你不觉到太寒伧不够热气，我希望你原谅你这些朋友们的苦心，在冥冥之中笑着给我们勇气来做这一些蠢诚的事吧。

《文艺丛刊小说选》题记

《大公报·文艺副刊》出了一年多,现在要将这第一年中属于创造的短篇小说提出来,选出若干篇,印成单行本供给读者更方便的阅览。这个工作的确该使认真的作者和读者两方面全都高兴。

这里篇数并不多,人数也不多,但是聚在一个小小的选集里也还结实饱满,拿到手里可以使人充满喜悦的希望。

我们不怕读者读过了以后,这燃起的希望或者又会黯下变成失望。因为这失望竟许是不可免的,如果读者对创造界诚恳地抱着很大的理想,心里早就叠着不平常的企望。但只要是读者诚实的反应,我们都不害怕。因为这里是一堆作者老实的成绩,合起来代表一年中创造界一部分的试验,无论拿什么标准来衡量它,断定它的成功或失败,谁也没有一句话说的。

现在姑且以编选人对这多篇作品所得的感想来说,供读者浏览评阅这本选集时一种参考,简单的就是底下的一点意见。

如果我们取鸟瞰的形势来观察这个小小的局面,至少有一个最显著的现象展在我们眼下。在这些作品中,在题材的选择上似乎有个很偏的倾向：那就是趋向农村或少受教育分子或劳力者的生活描写。这倾向并不偶然，说好一点，是我们这个时代对于他们——农人与劳力者——有浓重的同情和关心；说坏一点，是一种盲从趋时的现象。但最公平地说，还是上面的两个原因都有一点关系。描写劳工社会，乡村色彩已成一种风气，且在文艺界也已有一点成绩。初起的作家，或个性不强烈的作家，就容易不自觉的，因袭种种已有眉目的格调下笔。尤其是在我们这时代，青年作家都很难过自己在物质上享用，优越于一般少受教育的民众，便很自然地要认识乡村的穷苦，对偏僻的内地发生兴趣，反倒撇开自己所熟识的生活不写。拿单篇来讲，许多都写得好，还有些特别写得精彩。但以创造界全盘试验来看，这种偏向表示贫弱，缺乏创造力量。并且为良心的动机而写作，那作品的艺术成分便会发生疑问。我们希望选集在这一点上可以显露出这种创造力的缺乏，或艺术性的不纯真，刺激作家们自己更有个性，更热诚地来刻画这多面错综复杂的人生，不拘泥于任何一个角度。

除却上面对题材的偏向以外，创造文艺的认真却是毫无疑问的。前一时代在流畅文字的烟幕下，刻薄地以讽刺个人博取流行幽默的小说，现已无形地摈出努力创造者的门外，衰灭下去几至绝迹。这个情形实在也值得我们作者和读者额手相庆的好现象。

在描写上，我们感到大多数所取的方式是写一段故事，或以一两人物为中心，或以某地方一桩事发生的始末为主干，单纯地发展与结束。这也是比较薄弱的手法。这个我们疑惑或是许多作者误会了短篇的限制，把它的可能性看得过窄的缘故。生活大胆的断面，这里少有人尝试，剖示贴己生活的矛盾也无多少人认真地来做。这也是我们中间一种遗憾。

至于关于这里短篇技巧的水准，平均的程度，编选人却要不避嫌疑地提出请读者注意。无疑的，在结构上，在描写上，在叙事与对话的分配上，多数作者已有很成熟自然地运用。生涩幼稚和冗长散漫的作品，在新文艺早期中毫无愧色地散见于各种印刷物中，现在已完全敛迹。通篇的连贯，文字的经济，着重点的安排，颜色图画的鲜明，已成为极寻常的标准。在各篇中我们相信读者一定还不会不觉察到那些好处的；为着那些地方就给了编选人以不少愉快和希望。

最后如果不算离题太远，我们还要具体地讲一点我们对于作者与作品的见解。作品最主要处是诚实。诚实的重要还在题材的新鲜，结构的完整，文字的流丽之上。即是作品需诚实于作者客观所明了，主观所体验的生活。小说的情景即使整个是虚构的，内容的情感却全得借力于逼真的、体验过的情感，毫不能用空洞虚假来支持着伤感的"情节"！所谓诚实并不是作者必需实际地经过在作品中所提到的生活，而是凡在作品中所提到的生活，的确都是作者在理智上所极明了，在感情上极能体验得出的情景或人性。许多人因是自疚生活方式不新鲜，而故意地选择了一些特殊浪漫，而自己并不熟识的生活来做题材，然后敲诈自己有限的幻想力去铺张出自己所没有的情感，来骗取读者的同情。这种创造既浪费文字来夸张虚伪的情景和伤感，那些认真的读者要从文艺里充实生活认识人生的，自然要感到十分的不耐烦和失望的。

生活的丰富不在生存方式的种类多与少，如做过学徒，又拉过洋车，去过甘肃又走过云南，却在客观的观察力与主观的感觉力同时的锐利敏捷，能多面地明了及尝味所见、所听、所遇，种种不同的情景；还得理会到人在生活上互相的关系与牵连；固定的与偶然的中间所起戏剧式的变化；最后更得有自己特殊的看法及思想，信仰或哲学。

一个生活丰富者不在客观地见过若干事物，而在能主观地能激发很复杂,很不同的情感,和能够同情于人性的许多方面的人。

所以一个作者,在运用文字的技术学问外,必需是能立在任何生活上面,能在主观与客观之间,感觉和了解之间,理智上进退有余,情感上横溢奔放,记忆与幻想交错相辅,到了真即是假,假即是真的程度,他的笔下才显着活力真诚。他的作品才会充实伟大,不受题材或文字的影响,而能持久普遍的动人。

这些道理,读者比作者当然还要明白点,所以作品的估价永远操在认真的读者手里,这也是这个选集不得不印书,献与它的公正的评判者的一个原因。

永远地在我们心里留下痕迹
（小说卷）

凡属于故事的话，当然都更能深入孩子的记忆里，这舅公的来历，就永远地在我们心里留下痕迹。

窘

暑假中真是无聊到极点，维杉几乎急着学校开课，他自然不是特别好教书的——平日他还很讨厌教授的生活——不过暑假里无聊到没有办法，他不得不想到做事是可以解闷的。拿做事当作消遣也许是堕落。中年人特有的堕落。"但是，"维杉狠命地划一下火柴，"中年了又怎样？"他又点上他的烟卷连抽了几口。朋友到暑假里，好不容易找，都跑了，回南的不少，几个年轻的，不用说，更是忙得可以。当然脱不了为女性着忙，有的远赶到北戴河去。只剩下少朗和老晋几个永远不动的金刚，那又是因为他们有很好的房子有太太有孩子，真正过老牌子的中年生活，谁都不像他维杉的四不像的落魄！

维杉已经坐在少朗的书房里有一点多钟了，说着闲话，虽然他吃烟的时候比说话的多。难得少朗还是一味地活泼，他们中间隔着十年倒是一件不很显著的事，虽则少朗早就做过他的四十岁整寿，他的大孩子去年已进了大学。这也是旧式家庭的好处，维杉呆呆地靠在矮榻上想，眼睛望着竹帘外大院子。一缸莲花和几盆很大的石榴树，夹竹桃，叫他对着北京这特有的味道赏玩。他喜欢北京，尤其是北京的房子院子。有人说北京房子傻透了，尽是一律的四合头，这说话的够多没有意思，他哪里懂得那均衡即对称的庄严！北京派的摆花也是别有味道，连下人对盆花也是特别地珍惜，你看哪一个大宅子的马号院里，或是门房前边，没有几盆花在砖头叠的座子上整齐地放着？想到马号维杉有些不自在了，他可以想象到他的洋车在日影底下停着，车夫坐在脚板上歪着脑袋睡觉，无条件地在等候他的主人，而他的主人……无聊真是到了极点。

他想立起身来走，却又看着毒火般的太阳胆怯。他听到少朗在书桌前面说："昨天我亲戚家送来几个好西瓜，今天该冰得可以了。你吃点吧？"

他想回答说："不，我还有点事，就要走了。"却不知不觉地立起身来说："少朗，这夏天我真感觉沉闷，无聊！委实说这暑假好不容易过。"

少朗递过来一盒烟，自己把烟斗衔到嘴里，一手在桌上抓摸洋火。他对维杉看了一眼，似笑非笑地皱了一皱眉头——少朗的眉头是永远有文章的。维杉不觉又有一点不自在，他的事情，虽然是好几年前的事情，少朗知道得最清楚——也许太清楚了。

"你不吃西瓜么？"维杉想拿话岔开。

少朗不响，吃了两口烟，一边站起来按电铃，一边轻轻地说："难道你还没有忘掉？"

"笑话！"维杉急了，"谁的记性抵得住时间？"

少朗的眉头又皱了一皱，他信不信维杉的话很难说。他嘱咐进来的陈升到东院和太太要西瓜，他又说："索性请少爷们和小姐出来一块儿吃。"少朗对于家庭是绝对的旧派，和朋友们一处时很少请太太出来的。

"孩子们放暑假，出去旅行后，都回来了，你还没有看见吧？"

从玻璃窗，维杉望到外边，从石榴和夹竹桃中间跳着走来两个身材很高，活泼泼的青年和一个穿着白色短裙的女孩子。

"少朗，那是你的孩子长得这么大了？"

"不，那个高的是孙家的孩子，比我的大两岁，他们是好朋友，这暑假他就住在我们家里。你还记得孙石年不？这就是他的孩子，好聪明的！"

"少朗，你们要都让你们的孩子这样的长大，我，我觉得简直老了！"

竹帘子一响，旋风般地，三个活龙似的孩子已经站在维杉跟前。维杉和小孩子们周旋，还是维杉有些不自在，他很别扭地拿着长辈的样子问了几句话。起先孩子们还很规矩，过后他们只是乱笑，那又有什么办法？天真烂漫的青年知道什么？

少朗的女儿，维杉三年前看见过一次，那时候她只是十三四岁光景，张着一双大眼睛，转着黑眼珠，玩他的照相机。这次她比较腼腆地站在一边，拿起一把刀替他们切西瓜。维杉注意到她那只放在西瓜上边的手，她在喊"小篁哥"。她说："你要切，我可以给你这一半。"小嘴抿着微笑，她又说："可要看谁切得别致，要式样好！"她更笑得厉害一点。

维杉看她比从前虽然高了许多，脸样却还是差不多那么圆满，除却一个小尖的下颔。笑的时候她的确比不笑的时候大人气一点，这也许是她那排小牙很有点少女的丰神的缘故。她的眼睛还是完全的孩子气，闪亮，闪亮的,说不出还是灵敏,还是秀媚。维杉呆呆地想:一个女孩子在成人的边沿真像一个绯红的刚成熟的桃子。

孙家的孩子毫不客气地过来催她说:"你哪里懂得切西瓜,让我来吧!"

"对了,芝妹,让他吧,你切不好的!"她哥哥也催着她。

"爹爹,他们又搭伙着来麻烦我。"她柔和地唤她爹。

"真丢脸,现时的女孩子还要爹爹保护么?"他们父子俩对看着笑了一笑,他拉着他的女儿过来坐下问维杉说:"你看她还是进国内的大学好,还是送出洋进外国的大学好?"

"什么?这么小就预备进大学?"

"还有两年,"芝先答应出来,"其实只是一年半,因为我年假里便可以完,要是爹让我出洋,我春天就走都可以的,爹爹说是不是?"她望着她的爹。

"小鸟长大了翅膀,就想飞!"

"不,爹,那是大鸟把他们推出巢去学飞!"他们父子俩又交换了一个微笑。这次她爹轻轻地抚着她的手背,她把脸凑在她爹的肩边。

两个孩子在小桌子上切了一会儿西瓜,小孙顶着盘子走到芝前边屈下一膝,顽皮地笑着说:"这西夏进贡的瓜,请公主娘娘尝一块!"

她笑了起来拈了一块又向她爹说:"爹看他们够多皮?"

"万岁爷,您的御口也尝一块!"

"沅,不先请客人,岂有此理!"少朗拿出父亲样子来。

"这位外邦的贵客,失敬了!"沅递了一块过来给维杉,又张罗着碟子。

维杉又觉着不自在——不自然!说老了他不算老,也实在不老。可是年轻?他也不能算是年轻,尤其是遇着这群小伙子。真是没有办法!他不知为什么觉得窘极了。

此后他们说些什么他不记得,他自己只是和少朗谈了一些小孩子在国外进大学的问题。他好像比较赞成国外大学,虽然他也提出了一大堆缺点和弊病,他嫌国内学生的生活太枯干,不健康,太窄,太老……

"自然,"他说,"成人以后看外国比较有尺寸,不过我们并不是送好些小学生出去,替国家做检查员的。我们只要我们的孩子得着我们自己给不了他们的东西。既然承认我们有给不了他们的一些东西,还不如早些送他们出去自由地享用他们年轻人应得的权利——活泼的生活。奇怪,真的连这一点子我们常常都给不了他们,不要讲别的了。"

"我们"和"他们"!维杉好像在他们中间划出一条界线,分明地分成两组,把他自己分在前辈的一边。他羡慕有许多人只是一味地老成,或是年轻,他虽然分了界线却仍觉得四不像,——窘,对了,真窘!芝看着他,好像在吸收他的议论,他又不自在到万分,拿起帽子告诉少朗他一定得走了。"有一点事情要赶着做。"他又听到少朗说什么"真可惜，不然倒可以一同吃晚饭的"。他觉着自己好笑，嘴里却说："不行，少朗，我真的有事非走不可了。"一边慢慢地踱出院子来。两个孩子推着挽着芝跟了出来送客。到维杉迈上了洋车后他回头看大门口那三个活龙般年轻的孩子站在门槛上笑，尤其是她，略歪着头笑，露着那一排小牙。

又过了两三天的下午，维杉又到少朗那里闲聊，那时已经差不多七点多钟，太阳已经下去了好一会儿，只留下满天的斑斑的红霞。他刚到门口已经听到院子里的笑声。他跨进西院的月门，只看到小孙和芝在争着拉天棚。

"你没有劲儿，"小孙说，"我帮你的忙。"他将他的手罩在芝的上边，两人一同狠命地拉。听到维杉的声音，小孙放开手，芝也停住了绳子不拉，只是笑。

维杉一时感着一阵高兴，他往前走了几步对芝说："来，让我也拉一下。"他刚到芝的旁边，忽然吱哑一声，雨一般的水点从他们头上喷洒下来，冰凉的水点骤浇到背上，吓了他们一跳，芝撒开手，天棚绳子从她手心溜了出去！原来小沅站在水缸边玩抽水机筒，第一下便射到他们的头上。这下子大家都笑，笑得厉害。芝站着不住地摇她发上的水。维杉踟蹰了一下，从袋里掏出他的大手绢轻轻地替她揩发上的水。她两颊绯红了却没有躲走，低着头尽看他擦破的掌心。维杉看到她肩上湿了一小片，晕红的肉色从湿的软白纱里透露出来，他停住手不敢也拿手绢擦，只问她的手怎样了，破了没有。她背过手去说："没有什么！"就溜地跑了。

少朗看他进了书房,放下他的烟斗站起来,他说维杉来得正好,他约了几个人吃晚饭。叔谦已经在屋内,还有老晋,维杉知道他们免不了要打牌的,他笑说:"拿我来凑脚,我不来。"

"那倒用不着你,一会儿梦清和小刘都要来的,我们还多了人呢。"少朗得意地吃一口烟,叠起他的稿子。

"他只该和小孩子们要去。"叔谦微微一笑,他刚才在窗口或者看到了他们拉天棚的情景。维杉不好意思了。可是又自觉得不好意思得毫无道理,他不是拿出老叔的牌子么?可是不相干,他还是不自在。

"少朗的大少爷皮着呢,浇了老叔一头的水!"他笑着告诉老晋。

"可不许你把人家的孩子带坏了。"老晋也带点取笑他的意思。

维杉恼了,恼什么他不知道,说不出所以然。他不高兴起来,他想走,他懊悔他来的,可是他又不能就走。他闷闷地坐下,那种说不出的窘又侵上心来。他接连抽了好几根烟,也不知都说了一些什么话。

晚饭时候孩子们和太太并没有加入,少朗的老派头。老晋和少朗的太太很熟,饭后同了维杉来到东院看她。她们已吃过饭,大家围住圆桌坐着玩。少朗太太虽然已经是中年的妇人,却是样子非常的年轻,又很清雅。她坐在孩子旁边倒像是姊弟。小孙在用肥皂刻一副象棋——他爹是学过雕刻的——芝低着头用尺画棋盘的方格,一只手按住尺,支着细长的手指,右手整齐地用钢笔描。在低垂着的细发底下,维杉看到她抿紧的小嘴,和那微尖的下颔。

"杉叔别走,等我们做完了棋盘和棋子,同杉叔下一盘棋,好不好?"沅问他。"平下,谁也不让谁。"他更高兴着说。

"那倒好,我们辛苦做好了棋盘棋子,你请客!"芝一边说她的哥哥,一边又看一看小孙。

"所以他要学政治。"小孙笑着说。好厉害的小嘴!维杉不觉看他一眼,小孙一头微鬈的黑发让手抓得蓬蓬的。两个伶俐的眼珠老带些顽皮的笑。瘦削的脸却很健硕白皙。他的两只手真有性格,并且是意外的灵动,维杉就喜欢观察人家的手。他看小孙的手抓紧了一把小刀,敏捷地在刻他的棋子,旁边放着两碟颜色,每刻完了一个棋子,他在字上从容地描入绿色或是红色。维杉觉得他很可爱,便放一只手在他肩上说:"真是一个小美术家!"

刚说完,维杉看见芝在对面很高兴地微微一笑。

少朗太太问老晋家里的孩子怎样了,又殷勤地搬出果子来大家吃。她说她本来早要去看晋嫂的,只是暑假中孩子们在家她走不开。

"你看,"她指着小孩子们说,"这一大桌子,我整天地忙着替他们当差。"

"好,我们帮忙的倒不算了,"芝抬起头来笑,又露着那排小牙,"晋叔,今天你们吃的饺子还是孙家篁哥帮着包的呢!"

"是么?"老晋看一看她,又看了小孙,"怪不得,我说那味道怪顽皮的!"

"那红烧鸡里的酱油还是'公主娘'御手亲自下的呢。"小孙嚷着说。

"是么?"老晋看一看维杉,"怪不得你杉叔跪接着那块鸡,差点没有磕头!"

维杉又有点不痛快,也不是真恼,也不是急,只是觉得窘极了。"你这晋叔的学位,"他说,"就是这张嘴换来的。听说他和晋婶婶结婚的那一天演说了五个钟头,等到新娘子和傧相站在台上委实站不直了,他才对客人一鞠躬说:'今天只有这几句极简单的话来谢谢大家来宾的好意!'"

小孩们和少朗太太全听笑了,少朗太太说:"够了,够了,这些孩子还不够皮的,你们两位还要教他们?"

芝笑得仰不起头来,小孙瞟她一眼,哼一声说:"这才叫作女孩子。"她脸涨红了瞪着小孙看。

棋盘,棋子全画好了。老晋要回去打牌,孩子们拉着维杉不放,他只得留下,老晋笑了出去。维杉只装没有看见。小孙和芝站起来到门边脸盆里争着洗手,维杉听到芝说:"好痛,刚才绳子擦破了手心。"

小孙说:"你别用胰子就好了。来,我看看。"他拿着她的手仔细看了半天。他们两人拉着一块手巾一同擦手,又叽叽咕咕地说笑。

维杉觉得无心下棋,却不得不下。他们三个人战他一个。起先他懒洋洋地没有注意,过一刻他真有些应接不暇了。不知为什么他却觉着他不该输的,他不愿意输!说起真好笑,可是他的确感着要战胜,孩子不孩子他不管！芝的眼睛镇住看他的棋，好像和弱者表同情似的，他真急了。他野蛮起来了，他居然进攻对方的弱点了，他调用他很有点神气的马了，他走卒了，棋势紧张起来，两边将帅都不能安居在当中了。孩子们的车守住他大帅的脑门顶上，吃力的当然是维杉的棋！没有办法。三个活龙似的孩子，六个玲珑的眼睛，维杉又有什么法子！他输了输了，不过大帅还真死得英雄，对方的危势也只差一两子便要命的！但是事实上他仍然是输了。下完了以后，他觉得热，出了些汗，他又拿出手绢来刚要揩他的脑门，忽然他呆呆地看着芝的细松的头发。

"还不快给杉叔倒茶。"少朗太太喊她的女儿。

芝转身到茶桌上倒了一杯，两只手捧着，端过来。维杉不知为什么又觉得窘极了。

孩子们约他清早里逛北海，目的当然是摇船。他去了，虽然好几次他想设法推辞不去的。他穿他的白荷兰裤子葛布上衣，拿了他草帽微觉得可笑，他近来永远地觉得自己好笑，这种横生的幽默，他自己也不了解的。他一径走到北海的门口还想着要回头的。站岗的巡警向他看了一眼，奇怪，有时你走路时忽然望到巡警的冷静的眼光，真会使你怔一下，你要自问你都做了些什么事，准知道没有一件是违法的么？他买到票走进去，猛抬头看到那桥前的牌楼。牌楼，白石桥，垂柳，都在注视他。——他不痛快极了，挺起腰来健步走到旁边小路上，表示不耐烦。不耐烦的脸本来与他最相宜的，他一失掉了"不耐烦"的神情，他便好像丢掉了好朋友，心里便不自在。懂得吧？他绕到后边，隔岸看一看白塔，它是自在得很，永远带些不耐烦的脸站着——还是坐着？——它不懂得什么年轻，老。这一些无聊的日月，它只是站着不动，脚底下自有湖水，亭榭松柏，杨柳，人——老的小的——忙着他们更换的纠纷！

他奇怪他自己为什么到北海来，不，他也不是懊悔，清早里松荫底下发着凉香，谁懊悔到这里来？他感着像青草般在接受露水的滋润，他居然感着舒快。奢侈的金黄色的太阳横着射过他的辉焰，湖水像锦，莲花莲叶并着肩挨挤成一片，像在争着朝觐这早上的云天！这富足，这绮丽的天然，谁敢不耐烦？维杉到五龙亭边坐下掏出他的烟卷，低着头想要仔细地，细想一些事，去年的，或许前年的，好多年的事——今早他又像回到许多年前去——可是他总想不出一个所以然来。"本来是，又何必想？要活着就别想！这又是谁说过的话……"

忽然他看到芝一个人向他这边走来。她穿着葱绿的衣裳，裙子很短，随着她跳跃的脚步飘动，手里玩着一把未开的小纸伞。头发在阳光里，微带些红铜色，那倒是很特别的。她看到维杉笑了一笑，轻轻地跑了几步凑上来，喘着说："他们雇船去了。可是一个不够，我们还要雇一只。"维杉丢下烟，不知不觉地拉着她的手说："好，我们去雇一只，找他们去。"

她笑着让他拉着她的手。他们一起走了一些路，才找着租船的人。维杉看她赤着两只健秀的腿，只穿一双筒子极短的袜子，和一双白布的运动鞋；微红的肉色和葱绿的衣裳叫他想起他心爱的一张新派作家的画。他想他可惜不会画，不然，他一定知道怎样的画她——微红的头发，小尖下颏，绿的衣服，红色的腿，两只手，他知道，一定知道怎样的配置。他想象到这张画挂在展览会里，他想象到这张画登在月报上，他笑了。

她走路好像是有弹性地奔腾。龙，小龙！她走得极快，他几乎要追着她。他们雇好船跳下去，船人一竹篙把船撑离了岸，他脱下衣裳卷起衫袖，他好高兴！她说她要先摇，他不肯，他点上烟含在嘴里叫她坐在对面。她忽然又腼腆起来低着头装着看莲花半晌没有说话，他的心像被蜂螫了一下，又觉得一阵窘，懊悔他出来。他想说话，却找不出一句话说，他尽摇着船也不知过了多少时候她才抬起头来问他说："杉叔，美国到底好不好？"

"那得看你自己。"他觉得他自己的声音粗暴，他后悔他这样尖刻地回答她诚恳的问话。他更窘了。

她并没有不高兴，她说："我总想出去了再说。反正不喜欢我就走。"

这一句话本来很平淡，维杉却觉得这孩子爽快得可爱，他夸她说："好孩子，这样有决断才好。对了，别错认学位做学问就好了，你预备学什么呢？"

她脸红了半天说："我还没有决定呢……爹要我先进普通文科再说……我本来是要想学……"她不敢说下去。

"你要学什么坏本领，值得这么胆怯！"

她的脸更红了，同时也大笑起来，在水面上听到女孩子的笑声，真有说不出的滋味，维杉对着她看，心里又好像高兴起来。

"不能宣布么？"他又逗着追问。

"我想，我想学美术——画……我知道学画不该到美国去的，并且……你还得有天才，不过……"

"你用不着学美术的，更不必学画。"维杉禁不住这样说笑。

"为什么?"她眼睛睁得很大。

"因为,"维杉这回觉得有点不好意思了,他低声说,"因为你的本身便是美术,你此刻便是一张画。"他不好意思极了,为什么人不能够对着太年轻的女孩子说这种恭维的话?你一说出口,便要感着你自己的蠢,你一定要后悔的。她此刻的眼睛看着维杉,叫他又感着窘到极点了。她的嘴角微微地斜上去,不是笑,好像是鄙薄他这种的恭维她——没法子,话已经说出来了,你还能收回去?!窘,谁叫他自己找事!

两个孩子已经将船拢来,到他们一处,高兴地嚷着要赛船。小孙立在船上,高高的细长身子穿着白色的衣裳在荷叶丛前边格外明显。他两只手叉在脑后,眼睛看着天,嘴里吹唱一些调子。他又伸只手到叶丛里摘下一朵荷花。

"接,快接!"他轻轻掷到芝的面前,"怎么了,大清早里睡着了?"

她只是看着小孙笑。

"怎样,你要在哪一边,快拣定了,我们便要赛船了。"维杉很老实地问芝,她没有回答。她哥哥替她决定了,说:"别换了,就这样吧。"

赛船开始了,荷叶太密,有时两个船几乎碰上,在这种时候芝便笑得高兴极了,维杉摇船是老手,可是北海的水有地方很浅,有时不容易发展,可是他不愿意再在孩子们面前丢丑,他决定要胜过他们,所以他很加小心和力量。芝看到后面船渐渐要赶上时她便催他赶快,他也愈努力了。

太阳积渐热起来，维杉们的船已经比沅的远了很多，他们承认输了，预备回去，芝说杉叔一定乏了，该让她摇回去，他答应了她。

他将船板取开躺在船底，仰着看天。芝将她的伞借他遮着太阳，自己把荷叶包在头上摇船。维杉躺着看云，看荷花梗，看水，看岸上的亭子，把一只手丢在水里让柔润的水浪洗着。他让芝慢慢地摇他回去，有时候他张开眼看她，有时候他简直闭上眼睛，他不知道他是快活还是苦痛。

少朗的孩子是老实人，浑厚得很却不笨，听说在学校里功课是极好的。走出北海时，他跟维杉一排走路和他说了好些话。他说他愿意在大学里毕业了才出去进研究院的。他说，可是他爹想后年送妹妹出去进大学；那样子他要是同走，大学里还差一年，很可惜；如果不走，妹妹又不肯白白地等他一年。当然他说小孙比他先一年完，正好可以和妹妹同走。不过他们三个老是在一起惯了，如果他们两人走了，他一个人留在国内一定要感着闷极了，他说，"炒鸡子"这事简直是"糟糕一麻丝"。

他又讲小孙怎样的聪明，运动也好，撑竿跳的式样"简直是太好"，还有游水他也好，"不用说，他简直什么都干！"他又说小孙本来在足球队里的，可是这次和天津比赛时，他不肯练。"你猜为什么？"他问维杉，"都是因为学校盖个喷水池，他整天守着石工看他们刻鱼！"

"他预备也学雕刻么？他爹我认得，从前也学过雕刻的。"维杉问他。

"那我不知道，小孙的文学好，他写了许多很好的诗，——爹爹也说很好的，"沅加上这一句证明小孙的诗的好是可靠的，"不过，他乱得很，稿子不是撕了便是丢了的。"他又说他怎样有时替他捡起抄了寄给《校刊》。总而言之沅是小孙的"英雄崇拜者"。

沅说到他的妹妹,他说他妹妹很聪明,她不像寻常的女孩那么"讨厌",这里他脸红了,他说:"别扭得讨厌,杉叔知道吧?"他又说他班上有两个女学生,对于这个他表示非常不高兴。

维杉听到这一大篇谈话,知道简单点讲,他维杉自己,和他们中间至少有一道沟——并不是什么了不得的间隔——只是一个年龄的深沟,桥是搭得过去的,不过深沟仍然是深沟,你搭多少条桥,沟是仍然不会消灭的。他问沅几岁,沅说"整整的快十九了",他妹妹虽然是十七,"其实只满十六年"。维杉不知为什么又感着一阵不舒服,他回头看小孙和芝并肩走着,高兴地说笑。"十六,十七。"维杉嘴里哼哼着。究竟说三十四不算什么老,可是那就已经是十七的一倍了。谁又愿意比人家岁数大出一倍,老实说!

维杉到家时并不想吃饭,只是连抽了几根烟。

过了一星期,维杉到少朗家里来。门房里陈升走出来说:"老爷到对过张家借打电话去,过会子才能回来。家里电话坏了两天,电话局还不派人来修理。"陈升是个打电话专家,有多少曲折的传话,经过他的嘴,就能一字不漏地溜进电话筒。那也是一种艺术。他的方法听着很简单,运用起来的玄妙你就想不到。哪一次维杉走到少朗家里不听到陈升在过厅里向着电话:"喂,喂,喹,我说,我说呀!"维杉向陈升一笑,他真不能替陈升想象到没有电话时的烦闷。

"好,陈升,我自己到书房里等他,不用你了。"维杉一个人踱过那静悄悄的西院,金鱼缸,莲花,石榴,他爱这院子,还有隔墙的枣树,海棠。他掀开竹帘走进书房。迎着他眼的是一排丰满的书架,壁上挂的朱拓的黄批,和屋子当中的一大盆白玉兰,幽香充满了整间屋子。维杉很羡慕少朗的生活。夏天里,你走进一个搭着天棚的一个清凉大院子,静雅的三间又大又宽的北屋,屋里满是琳琅的书籍,几件难得的古董,再加上两三盆珍罕的好花,你就不能不艳羡那主人的清福!

维杉走到套间小书斋里,想写两封信,他忽然看到芝一个人伏在书桌上。他奇怪极了,轻轻地走上前去。

"怎么了?不舒服么,还是睡着了?"

"吓我一跳!我以为是哥哥回来了……"芝不好意思极了。维杉看到她哭红了的眼睛。

维杉起先不敢问,心里感得不过意,后来他伸一只手轻抚着她的头说:"好孩子,怎么了?"

她的眼泪更扑簌簌地掉到裙子上,她拈了一块——真是不到四寸见方——淡黄的手绢拼命地擦眼睛。维杉想,她叫你想到方成熟的桃或是杏,绯红的,饱饱的一颗天真,让人想摘下来赏玩,却不敢真真地拿来吃,维杉不觉得没了主意。他逗她说:"准是嬷打了!"

她拿手绢蒙着脸偷偷地笑了。

"怎么又笑了?准是你打了嬷了!"

这回她伏在桌上索性嗤嗤地笑起来。维杉糊涂了。他想把她的小肩膀搂住,吻她的粉嫩的脖颈,但他又不敢。他站着发了一会儿呆。他看到椅子上放着她的小纸伞,他走过去坐下开着小伞说玩。

她仰起身来,又擦了半天眼睛,才红着脸过来拿她的伞,他不给。

"刚从哪里回来,芝?"他问她。

"车站。"

"谁走了?"

"一个同学,她是我最好的朋友,可是她……她明年不回来了!"她好像仍是很伤心。

他看着她没有说话。

"杉叔,您可以不可以给她写两封介绍信,她就快到美国去了。"

"到美国哪一个城?"

"反正要先到纽约的。"

"她也同你这么大么?"

"还大两岁多。……杉叔您一定得替我写,她真是好,她是我最好的朋友了。……杉叔,您不是有许多朋友吗,你一定得写。"

"好,我一定写。"

"爹说杉叔有许多……许多女朋友。"

"你爹这样说了么?"维杉不知为什么很生气。他问了芝她朋友的名字,他说他明天替她写那介绍信。他拿出烟来很不高兴地抽。这回芝拿到她的伞却又不走。她坐下在他脚边一张小凳上。

"杉叔,我要走了的时候您也替我介绍几个人。"

他看着芝倒翻上来的眼睛,他笑了,但是他又接着叹了一口气。

他说:"还早着呢,等你真要走的时候,你再提醒我一声。"

"可是,杉叔,我不是说女朋友,我的意思是:也许杉叔认得几个真正的美术家或是文学家。"她又拿着手绢玩了一会儿低着头说:"篁哥,孙家的篁哥,他亦要去的,真的,杉叔,他很有点天才。可是他想不定学什么。他爹爹说他岁数太小,不让他到巴黎学雕刻,要他先到哈佛学文学,所以我们也许可以一同走……我亦劝哥哥同去,他可舍不得这里的大学。"这里她话愈说得快,她差不多喘不过气来,"我们自然不单到美国,我们以后一定转到欧洲,法国,意大利,对了,篁哥连做梦都是做到意大利去,还有英国……"

维杉心里说:"对了,出去,出去,将来,将来,年轻!荒唐的年轻!他们只想出去飞!飞!叫你怎不觉得自己落伍,老,无聊,无聊!"他说不出的难过,说老,他还没有老,但是年轻?!他看着烟卷没有话说。芝看着他不说话也不敢再开口。

"好,明年去时再提醒我一声,不,还是后年吧?……那时我也许已经不在这里了。"

"杉叔,到哪里去?"

"没有一定的方向,也许过几年到法国来看你……那时也许你已经嫁了……"

芝急了,她说:"没有的话,早着呢!"

维杉忽然做了一件很古怪的事,他俯下身去吻了芝的头发。他又伸过手拉着芝的小手。

少朗推帘子进来,他们两人站起来,赶快走到外间来。芝手里还拿着那把纸伞。少朗起先没有说话,过一会儿,他皱了一皱他那有文章的眉头问说:"你什么时候来的?"

"刚来。"维杉这样从容地回答他,心里却觉着非常之窘。

"别忘了介绍信,杉叔。"芝叮咛了一句又走了。

"什么介绍信?"少朗问。

"她要我替她同学写几封介绍信。"

"你还在和碧谛通信么?还有雷茵娜?"少朗仍是皱着眉头。

"很少……"维杉又觉得窘到极点了。

星期三那天下午到天津的晚车里,旭窗遇到维杉在头等房间里靠着抽烟，问他到哪里去，维杉说回南，旭窗叫脚行将自己的皮包也放在这间房子里说："大暑天，怎么倒不在北京？"

"我在北京，"维杉说，"感得，感得窘极了。"他看一看他拿出来拭汗的手绢，"窘极了！"

"窘极了？"旭窗此时看到卖报的过来，他问他要《大公报》看，便也没有再问下去维杉为什么在北京感着"窘极了"。

模影零篇

钟绿

钟绿是我记忆中第一个美人,因为一个人一生见不到几个真正负得起"美人"这称呼的人物,所以我对于钟绿的记忆,珍惜得如同他人私藏一张名画轻易不拿出来给人看,我也就轻易地不和人家讲她。除非是一时什么高兴,使我大胆地,兴奋地,告诉一个朋友,我如何如何地曾经一次看到真正的美人。

很小的时候,我常听到一些红颜薄命的故事,老早就印下这种迷信,好像美人一生总是不幸的居多。尤其是,最初叫我知道世界上有所谓美人的,就是一个身世极凄凉的年轻女子。她是我家亲戚,家中传统地认为一个最美的人。虽然她已死了多少年,说起她来,大家总还带着那种感慨,也只有一个美人死后能使人起的那样感慨。说起她,大家总都有一些美感的回忆。我婶娘常记起的是祖母出殡那天,这人穿着白衫来送殡。因为她是个已出嫁过的女子——其实她那时已孀居一年多——照我们乡例,头上缠着白头帕。试想一个静好如花的脸;一个长长窈窕的身材;一身的缟素;借着人家伤痛的丧礼来哭她自己可怜的身世,怎不是一幅绝妙的图画!婶娘说起她时,却还不忘掉提到她的走路如何的有种特有丰神,哭时又如何的辛酸凄婉动人。我那时因为过小,记不起送殡那天看到这素服美人,事后为此不知惆怅了多少回。每当大家晚上闲坐谈到这个人儿时,总害了我竭尽想象力,冥想到了夜深。

也许就是因为关于她,我实在记得不太清楚,仅凭一家人时时的传说,所以这个亲戚美人之为美人,也从未曾在我心里疑问过。过了一些岁月,积渐地,我没有小时候那般理想,事事都有一把怀疑,沙似的挟在里面。我总爱说:绝代佳人,世界上不时总应该有一两个,但是我自己亲眼却没有看见过就是了。这句话直到我遇见了钟绿之后才算是取消了,换了一句:我觉得侥幸,一生中没有疑问地,真正地,见到一个美人。

我到美国××城进入××大学时,钟绿已是离开那学校的旧学生,不过在校里不到一个月的工夫,我就常听到"钟绿"这名字,老学生中间,每一提到校里旧事,总要联想到她。无疑的,她是他们中间最受崇拜的人物。

关于钟绿的体面和她的为人及家世也有不少的神话。一个同学告诉我,钟绿家里本来如何的富有;又一个告诉我,她的父亲是个如何漂亮的军官,哪一年死去的;又一个告诉我,钟绿多么好看,脾气又如何和人家不同。因为着恋爱,又有人告诉我,她和母亲决绝了,自己独立出来艰苦的半工半读,多处流落,却总是那么傲慢、潇洒,穿着得那么漂亮动人。有人还说钟绿母亲是希腊人,是个音乐家,也长得非常好看,她常住在法国及意大利,所以钟绿能通好几国文字。常常的,更有人和我讲了为着恋爱钟绿,几乎到发狂的许多青年的故事。总而言之,关于钟绿的事我实听得多了,不过当时我听着也只觉到平常,并不十分起劲。

故事中仅有两桩,我却记得非常清楚,深入印象,此后不自觉地便对钟绿动了好奇心。

一桩是同系中最标致的女同学讲的。她说那一年学校开个盛大艺术的古装表演，中间要用八个女子穿中世纪的尼姑服装。她是监制部的总管，每件衣裳由图案部发出，全由她找人比着裁剪，做好后再找人试服。有一晚，她出去晚饭回来稍迟，到了制衣室门口遇见一个制衣部里人告诉她说，许多衣裳做好正找人试着时，可巧电灯坏了，大家正在到处找来洋蜡点上。

"你猜，"她接着说，"我推开门时看到了什么？"

她喘口气望着大家笑（听故事的人那时已不止我一个），"你想，你想一间屋子里，高高低低地点了好几根蜡烛；各处射着影子；当中一张桌子上面，默默地，立着那么一个钟绿——美到令人不敢相信的中世纪小尼姑，眼微微地垂下，手中高高擎起一支点亮的长烛。简单静穆，直像一张宗教画！拉着门环，我半天肃然，说不出一句话来！……等到人家笑声震醒我时，我已经记下这个一辈子忘不了的印象。"

自从听了这桩故事之后，钟绿在我心里便也开始有了根据，每次再听到钟绿的名字时，我脑子里便浮起一张图画。隐隐约约地，看到那个古代年轻的尼姑，微微地垂下眼，擎着一支蜡走过。

第二次，我又得到一个对钟绿依稀想象的背影，是由于一个男同学讲的故事里来的。这个脸色清癯的同学平常不爱说话，是个忧郁深思的少年——听说那个为着恋爱钟绿，到南非洲去旅行不再回来的同学，就是他的同房好朋友。有一天雨下得很大，我与他同在画室里工作，天已经积渐地黑下来，虽然还不到点灯的时候，我收拾好东西坐在窗下看雨，忽然听他说:"真奇怪,一到下大雨,我总想起钟绿!"

"为什么呢?"我倒有点好奇了。

"因为前年有一次大雨,"他也走到窗边,坐下来望着窗外,"比今天这雨大多了,"他自言自语地眯上眼睛,"天黑得可怕,许多人全在楼上画图,只有我和勃森站在楼下前门口檐底下抽烟。街上一个人没有,树让雨打得像囚犯一样,低头摇曳。一种说不出来的黯淡和寂寞笼罩着整条没生意的街道,和街道旁边不作声的一切。忽然间,我听到背后门环响,门开了,一个人由我身边溜过,一直下了台阶冲入大雨中走去……那是钟绿……

"我认得是钟绿的背影,那样修长灵活,虽然她用了一块挽成三角形的绸巾蒙在她头上,一只手在项下抓紧了那绸巾的前面两角,像个俄国村姑的打扮。勃森说钟绿疯了,我也忍不住要喊她回来。'钟绿你回来听我说!'"

"我好像求她那样恳切,听到声,她居然在雨里回过头来望一望,看见是我,她仰着脸微微一笑,露出一排贝壳似的牙齿。"朋友说时回过头对我笑了一笑,"你真想不到世上真有她那样美的人!不管谁说什么,我总忘不了在那狂风暴雨中,她那样扭头一笑,村姑似的包着三角的头巾。"

这张图画有力地穿过我的意识,我望望雨又望望黑影笼罩的画室。朋友又着手,正经地又说:"我就喜欢钟绿的一种淳朴,城市中的味道在她身上总那样地不沾着她本身的天真!那一天,我那个热情的同房朋友在楼窗上也发现了钟绿在雨里,像顽皮的村姑,没有笼头的野马,便用劲地喊。钟绿听到,俯下身子一闪,立刻就跑了。上边劈空的雷电,四围纷披的狂雨,一会儿工夫她就消失在那水雾迷漫之中了……"

"奇怪,"他叹口气,"我总老记着这桩事,钟绿在大风雨里似乎是个很自然的回忆。"

听完这段插话之后,我的想象中就又加了另一个隐约的钟绿。

半年过去了,这半年中这个清癯的朋友和我比较的熟起,时常轻声地来告诉我关于钟绿的消息。她是辗转地由一个城到另一个城,经验不断地跟在她脚边,命运好似总不和她合作,许多事情都不畅意。

秋天的时候,有一天我这朋友拿来两封钟绿的来信给我看,笔迹秀劲流丽如见其人,我留下信细读觉到它很有意思。那时我正初次在夏假中觅工,几次在市城熙熙攘攘中长了见识,更是非常地同情于这流浪的钟绿。

"所谓工业艺术你可曾领教过?"她信里发出嘲笑"你从前常常苦心教我调颜色,一根一根地描出理想的线条,做什么,你知道么?……我想你决不能猜到,两三星期以来,我和十几个本来都很活泼的女孩子,低下头都画一些什么……你闭上眼睛,喘口气,让我告诉你!墙上的花纸,好朋友!你能相信么?一束一束的粉红玫瑰花由我们手中散下来,整朵的,半朵的——因为有人开了工厂专为制造这种的美丽!……

"不,不,为什么我要脸红?现在我们都是工业战争的斗士——(多美丽的战争!)——并且你知道,各人有各人不同的报酬;花纸厂的主人今年新买了两个别墅,我们前夜把晚饭减掉一点居然去听音乐了,多谢那一束一束的玫瑰花……"

幽默地，幽默地她写下去那样顽皮的牢骚。又一封：

"……好了，这已经是秋天，谢谢上帝，人工的玫瑰也会凋零的。这回任何一束什么花，我也决意不再制造了，那种逼迫人家眼睛堕落的差事，需要我所没有的勇敢，我失败了，不知道在心里哪一部分也受点伤……"

"我到乡村里来了，这回是散布知识给村里朴实的人！××书局派我来揽买卖，儿童的书，常识大全，我简直带着'知识'的样本到处走。那可爱的老太太却问我要最新烹调的书，工作到很瘦的妇人要城市生活的小说看——你知道那种穿着晚服去恋爱的城市浪漫！"

"我夜里总找回一些矛盾的微笑回到屋里。乡间的老太太都是理想的母亲，我生平没有吃过更多的牛奶，睡过更软的鸭绒被，原来手里提着锄头的农人，都是这样母亲的温柔给培养出来的力量。我爱他们那简单的情绪和生活，好像日和夜，太阳和影子，农作和食睡，夫和妇，儿子和母亲，幸福和辛苦都那样均匀地放在天平的两头……"

"这农村的妩媚，溪流树荫全合了我的意，你更想不到我屋后有个什么宝贝？一口井，老老实实旧式的一口井，早晚我都出去替老太太打水。真的，这样才是日子，虽然山边没有橄榄树，晚上也缺个织布的机杼，不然什么都回到我理想的已往里去……"

"到井边去汲水，你懂得那滋味么？天呀，我的衣裙让风吹得松散，红叶在我头上飞旋，这是秋天，不瞎说，我到井边去汲水去。回来时你看着我把水罐子扛在肩上回来!"

看完信,我心里又来了一个古典的钟绿。

约略是三月的时候,我的朋友手里拿本书,到我桌边来,问我看过没有这本新出版的书,我由抽屉中也扯出一本叫他看。他笑了,说:"你知道这个作者就是钟绿的情人。"

我高兴地谢了他,我说:"现在我可明白了。"我又翻出书中几行给他看,他看了一遍,放下书默诵了一回,说:"他是对的,他是对的,这个人实在很可爱,他们完全是了解的。"

此后又过了半个月光景。天气渐渐地暖起来,我晚上在屋子里读书老是开着窗子,窗前一片草地隔着对面远处城市的灯光车马。有个晚上,很夜深了,我觉到冷,刚刚把窗子关上,却听到窗外有人叫我,接着有人拿沙子抛到玻璃上,我起忙起来一看,原来草地上立着那个清瘦的朋友,旁边有个女人立在我的门前。朋友说:"你能不能下来,我们有桩事托你。"

我蹑着脚下楼,开了门,在黑影模糊中听我朋友说:"钟绿,钟绿她来到这里,太晚没有地方住,我想,或许你可以设法,明天一早她就要走的。"他又低声向我说:"我知道你一定愿意认识她。"

这事真是来得非常突兀,听到了那么熟识,却又是那么神话的钟绿,竟然意外地立在我的前边,长长的身影穿着外衣,低低的半顶帽遮着半个脸,我什么也看不清楚。我伸手和她握手,告诉她在校里常听到她。她笑声地答应我说,希望她能使我失望,远不如朋友所讲的她那么坏!

在黑夜里,她的声音像银铃一样,轻轻地摇着,末后宽柔温好,带点回响。她又转身谢谢那个朋友,率真地揽住他的肩膀说:"百罗,你永远是那么可爱的一个人。"

她随了我上楼梯,我只觉到奇怪,钟绿在我心里始终成个古典人物,她的实际的存在,在此时反觉得荒诞不可信。

我那时是个穷学生,和一个同学住一间不甚大的屋子,恰巧同房的那几天回家去了。我还记得那晚上我在她的书桌上,开了她那盏非常得意的浅黄色灯,还用了我们两人共用的大红浴衣铺在旁边大椅上,预备看书时盖在腿上当毯子享用。屋子的布置本来极简单,我们曾用尽苦心把它收拾得还有几分趣味:衣橱的前面我们用一大幅黑色带金线的旧锦挂上,上面悬着一副我朋友自己刻的金色美人面具,旁边靠墙放两架睡榻,罩着深黄的床幔和一些靠垫,两榻中间隔着一个薄纱的东方式屏风。窗前一边一张书桌,各人有个书架,几件心爱的小古董。

整个房子的神气还很舒适,颜色也带点古黯神秘。钟绿进房来,我就请她坐在我们唯一的大椅上,她把帽子外衣脱下,顺手把大红浴衣披在身上说:"你真能让我独占这房里唯一的宝座么?"不知为什么,听到这话,我怔了一下,望着灯下披着红衣的她。看她里面本来穿的是一件古铜色衣裳,腰里一根很宽的铜质软带,一边臂上似乎套着两三副细窄的铜镯子,在那红色浴衣掩映之中,黑色古锦之前,我只觉到她由脸至踵有种神韵,一种名贵的气息和光彩,超出寻常所谓美貌或是漂亮。她的脸稍带椭圆,眉目清扬,有点儿南欧曼达娜的味道;眼睛清棕色,虽然甚大,却微微有点羞涩。她的头、脸、耳、鼻、口唇、前颈和两只手,则都像雕刻过的形体!每一面和他一面交接得那样清晰,又那样柔和,让光和影在上面活动着。

我的小铜壶里本来烧着茶,我便倒出一杯递给她。这回她却怔了说:"真想不到这个时候有人给我茶喝,我这回真的走到中国了。"我笑了说:"百罗告诉我你喜欢到井里汲水,好,我就喜欢泡茶。各人有她传统的嗜好,不容易改掉。"就在那时候,她的两唇微微地一抿,像朵花,由含苞到开放,毫无痕迹地轻轻地张开,露出那一排贝壳般的牙齿,我默默地在心里说,我这一生总可以说真正的见过一个称得起美人的人物了。

"你知道,"我说,"学校里谁都喜欢说起你,你在我心里简直是个神话人物,不,简直是古典人物;今天你的来,到现在我还信不过这事的实在性!"

她说:"一生里的事大半都好像做梦。这两年来我漂泊惯了,今天和明天的事多半是不相连续的多;本来现实本身就是一串不一定能连续而连续起来的荒诞。什么事我现在都能相信得过,尤其是此刻,夜这么晚,我把一个从来未曾遇见过的人的清静打断了,坐在她屋里,喝她几千里以外寄来的茶!"

那天晚上,她在我屋子里不止喝了我的茶,并且在我的书架上搬弄了我的书,我的许多相片,问了我一大堆话,告诉我她有个朋友喜欢中国的诗——我知道那就是那青年作家,她的情人,可是我没有问她。她就在我屋子中间小小灯光下愉悦地活动着,一会儿立在洛阳造像的墨拓前默了一会儿,停一刻又走过,用手指柔和地,顺着那金色面具的轮廓上抹下来,她搬弄我桌上的唐陶俑和图章。又问我壁上铜剑的铭文。纯净的型和线似乎都在引逗起她的兴趣。

一会儿她倦了,无意中伸个懒腰,慢慢地将身上束的腰带解下,自然地，活泼地，一件一件将自己的衣服脱下，裸露出她雕刻般惊人的美丽。我看着她耐性地，细致地，解除臂上的铜镯，又用刷子刷她细柔的头发，来回地走到浴室里洗面又走出来。她的美当然不用讲，我惊讶的是她所有举动，全个体态，都是那样的有个性，奏着韵律。我心里想，自然舞蹈班中几个美体的同学，和我们人体画班中最得意的两个模特，明蒂和苏茜，她们的美实不过是些浅显的柔和及妍丽而已，同钟绿真无法比较得来。我忍不住兴趣地直爽地笑对钟绿说："钟绿你长得实在太美了，你自己知道么？"

她忽然转过来看了我一眼，好脾气地笑起来，坐到我床上。

"你知道你是个很古怪的小孩子么？"她伸手抚着我的头后（那时我的头是低着的，似乎倒有点难为情起来），"老实告诉你，当百罗告诉我，要我住在一个中国姑娘的房里时，我倒有些害怕，我想着不知道我们要谈多少孔夫子的道德，东方的政治；我怕我的行为或许会触犯你们谨严的佛教！"

这次她说完，却是我打个哈欠，倒在床上好笑。

她说："你在这里原来住得还真自由。"

我问她是否指此刻我们不拘束的行动讲。我说那是因为时候到底是半夜了，房东太太在梦里也无从干涉，其实她才是个极宗教的信徒，我平日极平常的画稿，拿回家来还曾经惊着她的腼腆。男朋友从来只到过我楼梯底下的，就是在楼梯边上坐着，到了十点半，她也一定咳嗽的。

钟绿笑了说："你的意思是从孔子庙到自由神中间并无多大距离！"

那时我睡在床上和她谈天，屋子里仅点一盏小灯。她披上睡衣，替我开了窗，才回到床上抱着膝盖抽烟，在一小闪光底下，她努着嘴喷出一个一个的烟圈，我又疑心我在做梦。

"我顶希望有一天到中国来，"她说，手里搬弄床前我的夹旗袍，"我还没有看见东方的莲花是什么样子。我顶爱坐帆船了。"

我说："我和你约好了，过几年你来，挑个山茶花开遍了的时节，我给你披上一件长袍，我一定请你坐我家乡里最浪漫的帆船。"

"如果是个月夜，我还可以替你弹一曲希腊的弦琴。"

"也许那时候你更愿意死在你的爱人怀里！如果你的他也来。"我逗着她。

她忽然很正经地却用最柔和的声音说："我希望有这福气。"

就这样说笑着，我朦胧地睡去。

到天亮时，我觉得有人推我，睁开了眼，看她已经穿好了衣裳，收拾好皮包，俯身下来和我作别。

"再见了，好朋友，"她又淘气地抚着我的头，"就算你做个梦吧。现在你信不信昨夜答应过人，要请她坐帆船？"

可不就像一个梦，我眯着两只眼，问她为何起得这样早。她告诉我要赶六点十分的车到乡下去，约略一个月后，或许回来，那时一定再来看我。她不让我起来送她,无论如何要我答应她,等她一走就闭上眼睛再睡。

于是在天色微明中,我只再看到她歪着一顶帽子,倚在屏风旁边妩媚地一笑,便转身走出去了。一个月以后,她没有回来,其实等到一年半后,我离开××时,她也没有再来过这城。我同她的友谊就仅仅限于那么一个短短的半夜,所以那天晚上是我第一次,也就是最末次,会见了钟绿。但是即使以后我没有再得到关于她的种种悲惨的消息,我也知道我是永远不能忘记她的。

那个晚上以后,我又得到她的消息时,约在半年以后,百罗告诉我说:"钟绿快要出嫁了。她这种的恋爱真能使人相信人生还有点意义,世界上还有一点美存在。这一对情人上礼拜堂去,的确要算上帝的荣耀。"

我好笑忧郁的百罗说这种话,却是私下里也的确相信钟绿披上长纱会是一个奇美的新娘。那时候我也很知道一点新郎的样子和脾气,并且由作品里我更知道他留给钟绿的情绪,私下里很觉到钟绿幸福。至于他们的结婚,我倒觉得很平凡;我不时叹息,想象到钟绿无条件地跟着自然规律走,慢慢地变成一个妻子,一个母亲,渐渐离开她现在的样子,变老,变丑,到了我们从她脸上,身上再也看不出她现在的雕刻般的奇迹来。

谁知道事情偏不这样的经过,钟绿的爱人竟在结婚的前一星期骤然死去,听说钟绿那时正在试着嫁衣,得着电话没有把衣服换下,便到医院里晕死过去在她未婚新郎的胸口上。当我得到这个消息时,钟绿已经到法国去了两个月,她的情人也已葬在他们本来要结婚的礼拜堂后面。

因为这消息，我却时常想起钟绿试装中世纪尼姑的故事，有点儿迷信预兆。美人自古薄命的话，更好像有了凭据。但是最使我感恸的消息，还在此后两年多。

当我回国以后，正在家乡游历的时候，我接到百罗一封长信，我真是没有想到钟绿竟死在一条帆船上。关于这一点，我始终疑心这个场面，多少有点钟绿自己的安排，并不见得完全出自偶然。那天晚上对着一江清流，茫茫暮霭，我独立在岸边山坡上，看无数小帆船顺风飘过，忍不住泪下如雨，坐下哭了。

我耳朵里似乎还听见钟绿银铃似的温柔的声音说："就算你做个梦，现在你信不信昨夜答应过请人坐帆船？"

吉公

二三十年前，每一个老派头旧家族的宅第里面，竟可以是一个缩小的社会；内中居住着种种色色的人物，他们错综的性格，兴趣，和琐碎的活动，或属于固定的，或属于偶然的，常可以在同一个时间里，展演如一部戏剧。

我的老家，如同当时其他许多家庭一样，在现在看来，尽可以称它做一个旧家族。那个并不甚大的宅子里面，也自成一种社会缩影。我同许多小孩子既在那中间长大，也就习惯于里面各种错综的安排和纠纷，像一条小鱼在海滩边生长，习惯于种种螺壳，蛤蜊，大鱼，小鱼，司空见惯，毫不以那种戏剧性的集聚为稀奇。但是事隔多年，有时反复回味起来，当时的情景反倒十分迫近。眼里颜色浓淡鲜晦，不但记忆浮沉驰骋，情感竟亦在不知不觉中重新伸缩，仿佛有所活动。

不过那大部的戏剧此刻却并不在我念中，此刻吸引我回想的仅是那大部中一小部，那错综的人物中一个人物。

他是我们的舅公，这事实是经"大人们"指点给我们一群小孩子知道的。于是我们都叫他做"吉公"，并不疑问到这事实的确实性。但是大人们却又在其他的时候里，间接地或直接地，告诉我们，他并不是我们的舅公的许多话！凡属于故事的话，当然都更能深入孩子的记忆里，这舅公的来历，就永远地在我们心里留下痕迹。

"吉公"是外曾祖母抱来的儿子。这故事一来就有些曲折，给孩子们许多想象的机会。外曾祖母本来自己是有个孩子的，据大人们所讲，他是如何的聪明，如何的长得俊！可惜在他九岁的那年一个很热的夏天里，竟然"出了事"。故事是如此的：他和一个小朋友，玩着抬起一个旧式的大茶壶桶，嘴里唱着土白的山歌，由供着神位的后厅抬到前面正厅里去……（我们心里在这里立刻浮出一张鲜明的图画：两个小孩子，赤着膊；穿着挑花大红肚兜，抬着一个朱漆木桶；里面装着一个白锡镶铜的大茶壶；多少两的粗茶叶，泡得滚热的）但是悲剧也就发生在这幅图画后面，外曾祖父手里拿着一根旱烟管，由门后出来，无意中碰倒了一个孩子，事儿就坏了！那无可偿补的悲剧，就此永远嵌进那温文儒雅读书人的生命里去。

这个吉公用不着说是抱来替代那惨死去的聪明孩子的。但这是又过了十年，外曾祖母已经老了，祖母已将出阁时候的事。讲故事的谁也没有提到吉公小时是如何长得聪明美丽的话。如果讲到吉公小时的情形，且必用一点叹息的口气说起这吉公如何的顽皮，如何的不爱念书，尤其是关于学问是如何的没有兴趣，长大起来，他也始终不能去参加他们认为光荣的考试。

就一种理论讲，我们自己既在那里读书学做对子，听到吉公不会这门事，在心理上对吉公发生了一点点轻视并不怎样不合理。但是事实上我们不止对他的感情总是那么柔和，时常且对他发生不少的惊讶和钦佩。

吉公住在一个跨院的旧楼上边。不止在现时回想起来，那地方是个浪漫的去处，就是在当时，我们也未尝不觉到那一曲小小的旧廊，上边斜着吱吱哑哑的那么一道危梯，是非常有趣味的。

我们的境界既被限制在一所四面有围墙的宅子里，那活泼的孩子心有时总不肯在单调的生活中磋磨过去，故必定竭力地，在那限制的范围以内寻觅新鲜。在一片小小的地面上，我们认为最多变化，最有意思的，到底是人：凡是有人住的，无论哪一个小角落里，似乎都藏着无数的奇异，我们对它便都感着极大兴味。所以挑水老李住的两间平房，远在茶园子的后门边，和退休的老陈妈所看守的厨房以外一排空房，在我们寻觅新鲜的活动中，或可以说长成的过程中，都是绝对必需的。吉公住的那小跨院的旧楼，则更不必说了。

在那楼上，我们所受的教育，所吸取的知识，许多确非负责我们教育的大人们所能想象得到的。随便说吧，最主要的就有自鸣钟的机轮的动作，世界地图，油画的外国军队军舰，和照相技术的种种，但是最要紧的还是吉公这个人，他的生平，他的样子，脾气，他自己对于这些新知识的兴趣。

吉公已是中年人了，但是对于种种新鲜事情的好奇，却还活像个孩子。在许多人跟前，他被认为是个不读书不上进的落魄者，所以在举动上，在人前时，他便习惯于惭愧，谦卑，退让，拘束的神情，唯独回到他自己的旧楼上,他才恢复过来他种种生成的性格,与孩子们和蔼天真地接触。

在楼上他常快乐地发笑;有时为着玩弄小机器一类的东西,他还会带着嘲笑似的,骂我们迟笨——在人前,这些便是绝不可能的事。用句现在极普通的语言讲,吉公是个有"科学的兴趣"的人,那个小小楼屋,便是他私人的实验室。但在当时,吉公只是一个不喜欢做对子读经书的落魄者,那小小角隅实是祖母用着布施式的仁慈和友爱的含忍,让出来给他消磨无用的日月的。

夏天里,约略在下午两点的时候。那大小几十口复杂的家庭里,各人都能将他一份事情打发开来,腾出一点时光睡午觉。小孩们有的也被他们母亲或看妈抓去横睡在又热又闷气的床头一角里去。在这个时候,火似的太阳总显得十分寂寞,无意义的罩着一个两个空院;一处两处洗晒的衣裳;刚开过饭的厨房;或无人用的水缸。在清静中,喜鹊大胆地飞到地面上,像人似的来回走路,寻觅零食,花猫黄狗全都蜷成一团,在门槛旁把头睡扁了似的不管事。

我喜欢这个时候,这种寂寞对于我有说不出的滋味。饭吃过,随便在哪个荫凉处待着,用不着同伴,我就可以寻出许多消遣来。起初我常常一人走进吉公的小跨院里去,并不为的找吉公,只站在门洞里吹穿堂风,或看那棵大柚子树的树荫罩在我前面来回地摇晃。有一次我满以为周围只剩我一人的,忽然我发现廊下有个长长的人影,不觉一惊。顺着人影偷着看去,我才知道是吉公一个人在那里忙着一件东西。他看我走来便向我招手。

原来这时间也是吉公最宝贵的时候,不轻易拿来糟蹋在午睡上面。我同他的特殊的友谊便也建筑在这点点同情上。他告我他私自学会了照相,家里新买到一架照相机已交给他尝试。夜里，我是看见过的，他点盏红灯，冲洗那种旧式玻璃底片，白日里他一张一张耐性地晒片子，这还是第一次让我遇到！那时他好脾气地指点给我一个人看，且请我帮忙，两次带我上楼取东西。平常孩子们太多他没有工夫讲解的道理，此刻慢吞吞地也都和我讲了一些。

吉公楼上的屋子是我们从来看不厌的，里面东西实在是不少，老式钟表就有好几个，都是亲戚们托他修理的，有的是解散开来卧在一个盘子里，等他一件一件再细心地凑在一起。桌上竟还放着一副千里镜，墙上满挂着许多很古怪翻印的油画，有的是些外国皇族，最多还是有枪炮的普法战争的图画，和一些火车轮船的影片以及大小地图。

"吉公，谁教你怎么修理钟的？"

吉公笑了笑，一点不骄傲，却显得更谦虚的样子，努一下嘴，叹口气说："谁也没有教过吉公什么！"

"这些机器也都是人造出来的，你知道！"他指着自鸣钟，"谁要喜欢这些东西尽可拆开来看看，把它弄明白了。"

"要是拆开了还不大明白呢？"我问他。

他更沉思地叹息了。

"你知道，吉公想大概外国有很多工厂教习所，教人做这种灵巧的机器，凭一个人的聪明一定不会做得这样好。"说话时吉公带着无限的怅惘。我却没有听懂什么工厂什么教习所的话。

吉公又说:"我那天到城里去看一个洋货铺里面有个修理钟表的柜台,你说也真奇怪,那个人在那里弄个钟,许多地方还没吉公明白呢!"

在这个时候,我以为吉公尽可以骄傲了,但是吉公的脸上此刻看去却更惨淡,眼睛正望着壁上火轮船的油画看。

"这些钟表实在还不算有意思。"他说,"吉公想到上海去看一次火轮船,那种大机器转动起来够多有趣?"

"伟叔不是坐着那么一个上东洋去了么?"我说,"你等他回来问问他。"

吉公苦笑了:"傻孩子,伟叔是读书人,他是出洋留学的,坐到一个火轮船上,也不到机器房里去的,那里都是粗的工人伙夫等管着。"

"那你呢?难道你就能跑到粗人伙夫的机器房里去?"孩子们受了大人影响,怀疑到吉公的自尊心。

"吉公喜欢去学习,吉公不在乎那些个。"他笑了。看看我为他十分着急的样子,忙把话转变一点安慰我说:"在外国,能干的人也有专管机器的,好比船上的船长吧,他就也得懂机器还懂地理。军官吧,他就懂炮车里机器,尽念古书不相干的,洋人比我们能干,就为他们的机器……"

这次吉公讲的话很多,我都听不懂,但是我怕他发现我太小不明白他的话,以后不再要我帮忙,故此一直勉强听下去,直到吉公记起廊下的相片,跳起来拉了我下楼。

又过了一些日子，吉公的照相颇博得一家人的称赞，尤其是女人们喜欢得了不得。天好的时候，六婶娘找了几位妯娌，请祖母和姑妈们去她院里照相。六婶娘梳着油光的头，眉目细细地，淡淡地画在她的白皙脸上，就同她自己画的兰花一样有几分勉强。她的院里有几棵梅花，几竿竹，一个月门，还有一堆假山，大家都认为可以入画的景致。但照相前，各人对于陈设的准备，也和吉公对于照相机底片等等的部署一般繁重。婶娘指挥丫头玉珍，花匠老王，忙着摆茶几，安放细致的水烟袋及茶杯。前面还要排着讲究的盆花，然后两旁列着几张直背椅，各人按着辈分岁数个个坐成一个姿势，有时还拉着一两个孩子做衬托。

在这种时候，吉公的头与手在他黑布与机器之间耐烦地周旋着。周旋到相当时间，他认为已经到达较完满的程度，才把头伸出观望那被摄影的人众。每次他有个新颖的提议，照相的人们也就有说有笑地起劲。这样祖母便很骄傲起来，这是连孩子们都觉察得出的，虽然我们当时并未了解她的许多伤心。吉公呢，他的全副精神却在那照相技术上边，周围的空气，人情并不在他注意中。等到照相完了，他才微微地感到一种完成的畅适，兴头地捎着照相机，带着一群孩子回去。

还有比这个严重的时候，如同年节或是老人们的生日，或宴客，吉公的照相职务便更为重要了。早上你到吉公屋里去，便看得到厚厚的红布黑布挂在窗上，里面点着小红灯，吉公驼着背在黑暗中来往地工作。他那种兴趣、勤劳和认真，现在回想起来，我相信如果他晚生了三十年，这个社会里必定会有他一个结实的地位的。照相不过是他当时一个不得已的科学上活动，他对于其他机器的爱好，却并不在照相以下。不过在实际上照相既有所贡献于接济他生活的人，他也只好安于这份工作了。

另一次我记得特别清楚，我那喜欢兵器、武艺的祖父，拿了许多所谓

"洋枪"到吉公那里,请他给揩擦上油。两人坐在廊下谈天,小孩子们也围上去。吉公开一瓶橄榄油,扯点破布,来回地把玩那些我们认为颇神秘的洋枪,一边议论着洋船、洋炮,及其他洋人做的事。

吉公所懂得的均是具体知识,他把枪支在手里,开开这里,动动那里,演讲一般指手画脚讲到机器的巧妙,由枪到炮,由炮到船,由船到火车,一件一件。祖父感到惊讶了,这已经相信维新的老人听到吉公这许多话,相当地敬服起来,微笑凝神地在那里点头领教。大点的孩子也都闻所未闻地睁大了眼睛;我最深的印象便是那次是祖父对吉公非常愉悦的脸色。

祖父谈到航海,说起他年轻的时候,极想到外国去,听到某处招生学洋文,保送到外洋去,便设法想去投考。但是那时他已聘了祖母,丈人方面得到消息大大地不高兴,竟以要求退婚要挟他把那不高尚的志趣打消。吉公听了,黯淡地一笑,或者是想到了他自己年少时多少的梦,也曾被这同一个读书人给毁掉了。

他们讲到苏伊士运河,吉公便高兴地,同情地,把楼上地图拿下来,由地理讲到历史,甲午呀,庚子呀,我都是在那时第一次听到。我更记得平常不说话的吉公当日愤慨的议论,我为他不止一点的骄傲,虽然我不明白为什么他的结论总回到机器上。

但是一年后吉公离开我们家,却并不为着机器,而是出我们意料外的为着一个女人。

也许是因为吉公的照相相当地出了名,并且时常地出去照附近名胜风景,让一些人知道了,就常有人来请他去照相。为着对于技术的兴趣,他亦必定到人家去尽义务地为人照全家乐，或带着朝珠补褂的单人留影。酬报则时常是些食品，果子。

有一次有人请他去，照相的却是一位未曾出阁的姑娘，这位姑娘因在择婿上稍稍经过点周折，故此她家里对于她的亲事常怀着悲观。与吉公认识的是她堂房哥哥，照相的事是否这位哥哥故意的设施，家里人后来议论得非常热烈，我们也始终不得明了。要紧的是，事实上吉公对于这姑娘一家甚有好感，为着这姑娘的相片也颇尽了些职务；我不记得他是否在相片上设色，至少那姑娘的口唇上是抹了一小点胭脂的。

这事传到祖母耳里，这位相信家教谨严的女人便不大乐意。起前，她觉得一个未出阁的女子，相片交给一个没有家室的男子手里印洗，是不名誉不正当的。并且这女子既不是和我们同一省份，便是属于"外江"人家的，事情尤其要谨慎。在这纠纷中，我才又得听到关于吉公的一段人生悲剧。多少年前他是曾经娶过妻室的，一位年轻美貌的妻子，并且也生过一个孩子，却在极短的时间内，母子两人全都死去。这事除却在吉公一人的心里，这两人的存在几乎不在任何地方留下一点凭据。

现在这照相的姑娘是吉公生命里的一个新转变，在他单调的日月里开出一条路来。不止在人情上吉公也和他人一样需要异性的关心和安慰，就是在事业的野心上，这姑娘的家人也给吉公以不少的鼓励，至少到上海去看火轮船的梦是有了相当的担保，本来悠长没有着落的日子，现在是骤然地点上希望。虽然在人前吉公仍是沉默，到了小院里他却开始愉快地散步；注意到柚子树又开了花；晚上有没有月亮；还买了几条金鱼养到缸里。在楼上他也哼哼一点调子，把风景照片镶成好看的框子，零整地拿出去托人代售。有时他还整理旧箱子；多少年他没有心绪翻检的破旧东西，现在有时也拿出来放在床上，椅背上，尽小孩子们好奇地问长问短，他也满不在乎了。

忽然突兀地他把婚事决定了，也不得我祖母的同意，便把吉期选好，预备去入赘。祖母生气到默不作声，只退到女人家的眼泪里去，呜咽她对于这弟弟的一切失望。家里人看到舅爷很不体面低，到外省人家去入赘，带着一点箱笼什物，自然也有许多与祖母表同情的。但吉公则终于离开那所浪漫的楼屋，去另找他的生活了。

那布着柚子树荫的小跨院渐渐成为一个更寂寞的角隅，那道吱吱哑哑的木梯从此便没有人上下，除却小孩子们有时淘气，上到一半又赶忙下来。现在想来，我不能不称赞吉公当时那一点挣扎的活力，能不甘于一种平淡的现状。那小楼只能尘封吉公过去不幸的影子，却不能把他给活埋在里边。

吉公的行为既是叛离亲族，在旧家庭里许多人就不能容忍这种的不自尊。他婚后的行动，除了带着新娘来拜过祖母外，其他事情便不听到有人提起！似乎过了不久的时候，他也就到上海去，多少且与火轮船有关系。有一次我曾大胆地问过祖父，他似乎对于吉公是否在火轮船做事没有多大兴趣，完全忘掉他们一次很融洽的谈话。在祖母生前，吉公也还有来信，但到她死后，就完全地渺然消失，不通音讯了。

两年前我南下，回到幼年居住的城里去，无意中遇到一位远亲，他告诉我吉公住在城中，境况非常富裕；子女四人，在各个学校里读书，对于科学都非常嗜好，尤其是内中一个，特别聪明，屡得学校奖金等等。于是我也老声老气地发出人事的感慨。如吉公自己生早了三四十年，我说，我希望他这个儿子所生的时代与环境合适于他的聪明，能给他以发展的机会不再复演他老子的悲剧。并且在生命的道上，我祝他早遇到同情的鼓励，敏捷地达到他可能的成功。这得失且并不仅是吉公个人的，而可以计算做我们这老朽的国家的。

至于我会见到那六十岁的吉公，听到他离开我们家以后一段奋斗的历史，这里实没有细讲的必要，因为那中年以后，不经过训练，自己琢磨出来的机器师，他的成就必定是有限的。纵使他有相当天赋的聪明，他亦不能与太不适当的环境搏斗。由于爱好机器，他到轮船上做事，到码头公司里任职，更进而独立地创办他的小规模丝织厂，这些全同他的照相一样，仅成个实际上能博取物质胜利的小事业，对于他精神上超物质的兴趣，已不能有所补助，有所启发。年老了，当时的聪明一天天消失，所余仅是一片和蔼的平庸和空虚。认真地说，他仍是个失败者。如果迷信点的话，相信上天或许要偿补给吉公他一生的委屈，这下文的故事，就应该在他那个聪明孩子和我们这个时代上。但是我则仍然十分怀疑。

文珍

家里在复杂情形下搬到另一个城市去，自己是多出来的一件行李。大约七岁，似乎已长大了，篁姊同家里商量接我到她处住半年，我便被送过去了。

起初一切都是那么模糊，重叠的一堆新印象乱在一处；老大的旧房子，不知有多少老老少少的人，楼，楼上幢幢的人影，嘈杂陌生的声音，假山，绕着假山的水池，很讲究的大盆子花，菜圃，大石井，红红绿绿小孩子，穿着很好看或粗糙的许多妇人，围着四方桌打牌的，在空屋里养蚕的，晒干菜的，生活全是那么混乱繁复和新奇。自己却总是孤单，怯生，寂寞。积渐地在纷乱的周遭中，居然挣扎出一点头绪，认到一个凝固的中心，在寂寞焦心或怯生时便设法寻求这个中心，抓紧它，旋绕着它，要求一个孩子所迫切需要的保护，温暖，和慰安。

这凝固的中心便是一个约莫十七岁年龄的女孩子。她有个苗条身材，一根很黑的发辫，扎着大红绒绳；两只灵活真叫人喜欢黑晶似的眼珠；和一双白皙轻柔无所不会的手。她叫作文珍。人人都喊她文珍，不管是梳着油光头的妇人，扶着拐杖的老太太，刚会走路的"孙少"，老妈子或门房里人！

文珍随着喊她的声音转，一会儿在楼上牌桌前张罗，一会儿下楼穿过廊子不见了，又一会儿是哪个孩子在后池钓鱼，喊她去寻钓竿，或是另一个迫她到园角攀摘隔墙的还不熟透的桑葚。一天之中这扎着红绒绳的发辫到处可以看到，跟着便是那灵活的眼珠。本能的，我知道我寻着我所需要的中心，和骆驼在沙漠中望见绿洲一样。清早上寂寞地踱出院子一边望着银红阳光射在藤萝叶上，一边却盼望着那扎着红绒绳的辫子快点出现。凑巧她过来了；花布衫熨得平平的，就有补的地方，也总是剪成如意或桃子等好玩的式样，雪白的袜子，青布的鞋，轻快地走着路，手里持着一些老太太早上需要的东西，开水，脸盆或是水烟袋，看着我，她就和蔼亲切地笑笑："怎么不去吃稀饭？"

难为情地，我低下头。

"好吧，我带你去。尽怕生不行的呀！"

感激的我跟着她走。到了正厅后面（两张八仙桌上已有许多人在吃早饭），她把东西放在一旁，携着我的手到了中间桌边，顺便地喊声："五少奶，起得真早。"等五少奶转过身来，便更柔声地说："小客人还在怕生呢，一个人在外边吹着，也不进来吃稀饭！"于是把我放在五少奶旁边方凳上，她自去大锅里盛碗稀饭，从桌心碟子里挟出一把油炸花生，拣了一角有红心的盐鸡蛋放在我面前，笑了一笑走去几步，又回头来，到我耳朵边轻轻地说："好好地吃，吃完了，找阿元玩去，他们早上都在后池边看花匠做事，你也去。"或是："到老太太后廊子找我，你看不看怎样挟燕窝？"

红绒发辫暂时便消失了。

太阳热起来，有天我在水亭子里睡着了，睁开眼正是文珍过来把我拉起来，"不能睡，不能睡，这里又是日头又是风的，快给我进去喝点热茶。"害怕的我跟着她去到小厨房，看着她拿开水冲茶，听她嘴里哼哼地唱着小调。篁姊走过看到我们便喊："文珍，天这么热你把她带到小厨房里做什么？"我当时真怕文珍生气，文珍却笑嘻嘻地："三少奶奶，你这位妹妹真怕生，总是一个人闷着，今天又在水亭里睡着了，你给她想想法子解解闷，这里怪难为她的。"

篁姊看看我说："怎么不找那些孩子玩去？"我没有答应出来，文珍在篁姊背后已对我挤了挤眼，我感激地便不响了。篁姊走去，文珍拉了我的手说："不要紧，不找那些孩子玩时就来找我好了，我替你想想法子。你喜欢不喜欢拆旧衣衫？我给你一把小剪子，我教你。"

于是面对面，我们两人有时便坐在树荫下拆旧衣，我不会时她就叫我帮助她拉着布，她一个人剪，一边还同我讲故事。

指着大石井，她说："文环比我大两岁，长得顶好看了，好看的人没有好命，更可怜！我的命也不好，可是我长得老实样，没有什么人来欺侮我。"文环是跳井死的丫头,这事发生在我未来这家以前,我就知道孩子们到了晚上,便互相逗着说文环的鬼常常在井边来去。

"文环的鬼真来么?"我问文珍。

"这事你得问芳少爷去。"

我怔住不懂,文珍笑了:"小孩子还信鬼么?我告诉你,文环的死都是芳少爷不好,要是有鬼,她还不来找他算账,我看,就没有鬼,文环白死了!"我仍然没有懂,文珍也不再往下讲了,自己好像不胜感慨的样子。

过一会她忽然说:"芳少爷讲书倒讲得顶好了,我替你出个主意,等他们早上讲诗的时候,你也去听。背诗挺有意思的,明天我带你去听。"

到了第二天她果然便带了我到东书房去听讲诗。八九个孩子看到文珍进来,都看着芳哥的脸。文珍满不在乎地坐下,芳哥脸上却有点两样,故作镇定地向着我说:"小的孩子,要听可不准闹。"我望望文珍,文珍抿紧了嘴不响,打开一个布包,把两本唐诗放在我面前,轻轻地说:"我把书都给你带来了。"

芳哥选了一些诗,叫大的背诵,又叫小的跟着念;又讲李太白怎样会喝酒的故事。文珍看我已经很高兴地在听下去,自己便轻脚轻手地走出去了。此后每天我学了一两首新诗,到晚上就去找文珍背给她听,背错了她必提示我,每背出一首她还替我抄在一个本子里——如此文珍便做了我的老师。

五月节中文珍裹的粽子好，做的香袋更是特别出色，许多人便托她做，有的送她缎面鞋料，有的给她旧布衣衫，她都一脸笑高兴地接收了。有一天在她屋子里玩，我看到她桌子上有个古怪的纸包；我问她里边是些什么，她也很稀奇地说连她都不知道。我们两人好奇地便一同打开看。原来里边裹着是一把精致的折扇，上面画着两三朵菊花，旁边细细地写着两行诗。

"这可怪了，"她喊了起来，接着眼珠子一转，仿佛想起什么了，便轻声地骂着，"鬼送来的！"

听到鬼，我便联想到文环，忽然恍然，有点明白这是谁送来的！我问她可是芳哥？她望着我看看，轻轻拍了我一下，好脾气地说："你这小孩子家好懂事，可是，"她转了一个口吻，"小孩子家太懂事了，不好的。"过了一会儿，看我好像很难过，又笑逗着我："好娇气，一句话都吃不下去！轻轻说你一句就值得撅着嘴这半天！以后怎做人家儿媳妇？"我羞红了脸便和她闹，半懂不懂地大声念扇子上的诗。这下她可真急了，把扇子夺在手里说："你看我稀罕不稀罕爷们的东西！死了一个丫头还不够呀？"一边说一边狠狠地把扇子撕个粉碎，伏在床上哭起来了。

我从来没有想到文珍会哭的，这一来我慌了手脚，爬在她背上摇她，一直到自己也哭了，她才回过头来说："好小姐，这是怎么闹的，快别这样了。"替我擦干了眼泪，又哄了我半天。一共做了两个香包才把我送走。

在夏天有一个薄暮里大家都出来到池边乘凉看荷花，小孩子忙着在后园里捉萤火虫，我把文珍也拉去绕着假山竹林子走，一直到了那扇永远锁闭着的小门前边。阿元说那边住的一个人家是革命党,我们都问革命党是什么样子,要爬在假山上面望那边看。文珍第一个上去,阿元接着我推上去。等到我的脚自己能立稳的时候,我才看到隔壁院里一个剪发的年轻人,仰着头望着我们笑。文珍急着要下来,阿元却正挡住她的去路。阿元上到山顶冒冒失失地便向着那人问:"喂,喂,我问你,你是不是革命党呀?"那人皱一皱眉又笑了笑,问阿元敢不敢下去玩,文珍生气了说阿元太顽皮,自己便先下去把我也接下去走了。

过了些时,我发现这革命党邻居已同阿元成了至交,时常请阿元由墙上过去玩,他自己也越墙过来同孩子们玩过一两次。他是个东洋留学生,放暑假回家的,很自然地我注意到他注意文珍,可是一切事在我当时都是一片模糊,莫名其所以的。文珍一天事又那么多,有时被孩子们纠缠不过,总躲了起来在楼上挑花做鞋去,轻易不见她到花园里来玩的。

可是忽然间全家里空气突然紧张,大点的孩子被二少奶老太太传去问话;我自己也被篁姊询问过两次关于小孩子们爬假山结交革命党的事,但是每次我都咬定了不肯说有文珍在一起。在那种大家庭里厮混了那么久,我也积渐明白做丫头是怎样与我们不同,虽然我却始终没有看到文珍被打过。

经过这次事件以后,文珍渐渐变成沉默,没有先前活泼了。多半时候都在正厅耳房一带,老太太的房里或是南楼上,看少奶奶们打牌。仅在篁姊生孩子时,晚上过来陪我剪花样玩,帮我写两封家信。看她样子好像很不高兴。

中秋前几天阿元过来,报告我说家里要把文珍嫁出去,已经说妥了人家,一个做生意的,长街小钱庄里管账的,听说文珍认得字,很愿意娶她,一过中秋便要她过门。我一面心急文珍要嫁走,却一面高兴这事的新鲜和热闹。

"文珍要出嫁了!"这话在小孩子口里相传着。但是见到文珍我却没有勇气问她。下意识地,我也觉到这桩事的不妙;一种黯淡的情绪笼罩在文珍要被嫁走的新闻上面。我记起文珍撕扇子那一天的哭,我记起我初认识她时她所讲的文环的故事,这些记忆牵牵连连地放在一起,都似乎叫我非常不安。到后来我忍不住了,在中秋前两夜大月亮和桂花香中看文珍正到我们天井外石阶上坐着时,上去坐在她旁边,无暇思索地问她:"文珍,你同我说。你真要出嫁了么?"

文珍抬头看看树枝中间月亮:"她们要把我嫁了!"

"你愿意么?"

"什么愿意不愿意的,谁大了都得嫁不是?"

"我说是你愿意嫁给那么一个人家么?"

"为什么不?反正这里人家好,于我怎么着?我还不是个丫头,穿得不好,说我不爱体面,穿得整齐点,便说我闲话,说我好打扮,想男子!……说我……"

她不说下去,我也默然不知道说什么。

"反正,"她接下去说,"丫头小的时候可怜,好容易挨大了,又得遭难!不嫁老在那里磨着,嫁了不知又该受些什么罪!活该我自己命苦,生在凶年……亲爹嬷背了出来卖给人家！"

我以为她又哭了，她可不，忽然立了起来，上个小山坡，踮起脚来连连折下许多桂花枝，拿在手里嗅着。

"我就嫁！"她笑着说，"她们给我说定了谁，我就嫁给谁！管它呢，命要不好，遇到一个醉汉打死了我，不更干脆？反正，文环死在这井里，我不能再在他们家上吊！这个那个都待我好，可是我可伺候够了，谁的事我不做一堆？不待我好，难道还要打我？"

"文珍，谁打过你？"我问。

"好，文环不跳到井里去了么，谁现在还打人？"她这样回答，随着把手里桂花丢过一个墙头，想了想，笑起来。我是完全的莫名其妙。

"现在我也大了，闲话该轮到我了，"她说了又笑，"随他们说去，反正是个丫头，我不怕！……我要跑就跑，跟卖布的，卖糖糕的，卖馄饨的，担臭豆腐挑子沿街喊的，出了门就走了！谁管得了我？"她放声地叽叽呱呱地大笑起来，两只手拿我的额发辫着玩。

我看她高兴，心里舒服起来。寻常女孩子家自己不能提婚姻的事，她竟说要跟卖臭豆腐的跑了，我暗暗稀罕她说话的胆子，自己也跟说疯话："文珍，你跟卖馄饨的跑了，会不会生个小孩子也卖馄饨呀？"

文珍的脸忽然白下来，一声不响。

××钱庄管账的来拜节，有人一直领他到正院里来，小孩们都看见了。

这人穿着一件蓝长衫，罩一件青布马褂，脸色乌黑，看去真像有了四十多岁，背还有点驼，指甲长长的，两只手老筒在袖里，顽皮的大孩子们眼睛骨碌碌地看着他，口上都在轻轻地叫他新郎。

我知道文珍正在房中由窗格子里可以看得见他，我就跑进去找寻，她却转到老太太床后拿东西，我跟着缠住，她总一声不响。忽然她转过头来对我亲热地一笑，轻轻地，附在我耳后说："我跟卖馄饨的去，生小孩，卖小馄饨给你吃！"说完扑哧地稍稍大声点笑。我乐极了就跑出去。但所谓"新郎"却已经走了，只听说人还在外客厅旁边喝茶，商谈亲事应用的茶礼，我也没有再出去看。

此后几天，我便常常发现文珍到花园里去，可是几次，我都找不着她，只有一次我看见她从假山后那小路回来。

"文珍你到哪里去？"

她不答应我，仅仅将手里许多杂花放在嘴边嗅，拉着我到池边去说替我打扮个新娘子，我不肯，她就回去了。

又过了些日子我家来人接我回去，晚上文珍过来到我房里替篁姊收拾我的东西。看见房里没有人，她把洋油灯放低了一点，走到床边来同我说："我以为我快要走了，现在倒是你先去，回家后可还记得起来文珍？"

我眼泪挂在满脸，抽噎着说不出话来。

"不要紧，不要紧。"她说，"我到你家来看你。"

"真的么?"我伏在她肩上问。

"那谁知道!"

"你是不是要嫁给那钱庄管账的?"

"我不知道。"

"你要嫁给他,一定变成一个有钱的人了,你真能来我家么?"

"我也不知道。"

我又哭了。文珍摇摇我,说:"哭没有用的,我给你写信好不好?"我点点头,就躺下去睡。

回到家后我时常盼望着文珍的信,但是她没有给我信。真的革命了,许多人都跑上海去住,篁姊来我们家说文珍在中秋节后快要出嫁以前逃跑了,始终没有寻着。这消息听到耳里同雷响一样,我说不出的牵挂,担心她。我鼓起勇气地问文珍是不是同一个卖馄饨的跑了,篁姊惊讶地问我:"她时常同卖馄饨的说话么?"

我摇摇头说没有。

"我看,"篁姊说,"还是同那革命党跑的!"

一年以后,我还在每个革命画册里想发现文珍的情人。文珍却从没有给我写过一封信。

绣绣

因为时局，我的家暂时移居到××。对楼张家的洋房子楼下住着绣绣。那年绣绣十一岁，我十三。起先我们互相感觉到使彼此不自然，见面时便都先后红起脸来，准备彼此回避。但是每次总又同时彼此对望着，理会到对方有一种吸引力，使自己不容易立刻实行逃脱的举动。于是在一个下午，我们便有意距离彼此不远地同立在张家楼前，看许多人用旧衣旧鞋热闹地换碗。

还是绣绣聪明，害着地由人丛中挤过去，指出一对美丽的小瓷碗给我看，用秘密亲昵的小声音告诉我她想到家里去要一双旧鞋来换。我兴奋地望着她回家的背影，心里漾起一团愉悦的期待。不到一会子工夫，我便又佩服又喜悦地参观到绣绣同换碗的贩子一段交易的喜剧，变成绣绣的好朋友。

那张小小的图画今天还顶温柔地挂在我的胸口。这些年了，我仍能见到绣绣的两条发辫系着大红绒绳，睁着亮亮的眼，抿紧着嘴，边走边跳地过来，一只背在后面的手里提着一双旧鞋。挑卖瓷器的贩子口里衔着旱烟，像一个高大的黑影，笼罩在那两簇美丽得同云一般各色瓷器的担子上面！一些好奇的人都伸过头来看。"这么一点点小孩子的鞋，谁要？"贩子坚硬的口气由旱烟管的斜角里呼出来。

"这是一双皮鞋，还新着呢！"绣绣抚爱地望着她手里旧皮鞋。那双鞋无疑地曾经一度给过绣绣许多可骄傲的体面。鞋面有两道鞋扣。换碗的贩子终于被绣绣说服，取下口里旱烟扣在灰布腰带上，把鞋子接到手中去端详。绣绣知道这机会不应该失落。也就很快地将两只渴慕了许多时候的小花碗捧到她手里。但是鹰爪似的贩子的一只手早又伸了过来，将绣绣手里梦一般美满的两只小碗仍然收了回去。绣绣没有话说，仰着绯红的脸，眼睛潮润着失望的光。

我听见后面有了许多嘲笑的声音，感到绣绣孤立的形势和她周围一些侮辱的压迫，不觉起了一种不平。"你不能欺侮她小！"我听到自己的声音威风地在贩子的肋下响，"能换就换换，不能换，就把皮鞋还给她！"贩子没有理我，也不去理绣绣，忙碌地同别人交易，小皮鞋也还夹在他手里。

"换了吧老李，换了吧，人家一个孩子。"人群中忽有个老年好事的人发出含笑慈祥的声音。"倚老卖老"地他将担子里那两只小碗重新捡出交给绣绣同我："哪，你们两个孩子拿着这两只碗快走吧！"我惊讶地接到一只碗，不知所措。绣绣却挨过亲热的小脸扯着我的袖子，高兴地笑着示意叫我同她一块儿挤出人堆来。那老人或不知道，他那时塞到我们手里的不只是两只碗，并且是一把鲜美的友谊。

自此以后，我们的往来一天比一天亲密。早上我伴绣绣到西街口小庐里买点零星东西。绣绣是有任务的，她到店里所买的东西都是油盐酱醋，她妈妈那一天做饭所必需的物品，当我看到她在店里非常熟识地要她的货物了，从容地付出或找入零碎铜圆同吊票时，我总是暗暗地佩服她的能干，羡慕她的经验。最使我惊异的则是她妈妈所给我的印象。黄瘦的，那妈妈是个极懦弱无能的女人，因为带着病，她的脾气似乎非常暴躁。种种的事她都指使着绣绣去做，却又无时无刻不咕噜着，教训着她的孩子。

起初我以为绣绣没有爹，不久我就知道原来绣绣的父亲是个很阔绰的人物。他姓徐，人家叫他徐大爷，同当时许多父亲一样，他另有家眷住在别一处的。绣绣同她妈妈母女两人早就寄住在这张家亲戚楼下两小间屋子里,好像被忘记了的孤寡。绣绣告诉我,她曾到过她爹爹的家,那还是她那新姨娘没有生小孩以前,她妈叫她去同爹要一点钱,绣绣说时脸红了起来,头低了下去,挣扎着心里各种的羞愤和不平。我没有敢说话,绣绣随着也就忘掉了那不愉快的方面,抬起头来告诉我,她爹家里有个大洋狗非常的好,"爹爹叫它坐下,它就坐下。"还有一架洋钟,绣绣也不能够忘掉"钟上面有个门",绣绣眼里亮起来,"到了钟点,门会打开,里面跳出一只鸟来,几点钟便叫了几次。""那是——那是爹爹买给姨娘的。"绣绣又偷偷告诉了我。

"我还记得有一次我爹爹抱过我呢。"绣绣说,她常同我讲点过去的事情。"那时候,我还顶小,很不懂事,就闹着要下地,我想那次我爹一定很不高兴的!"绣绣追悔地感到自己的不好,惋惜着曾经领略过又失落了的一点点父亲的爱。"那时候,你太小了当然不懂事。"我安慰着她。"可是……那一次我到爹家里去时,又弄得他不高兴呢!"绣绣心里为了这桩事,大概已不止一次地追想难过着,"那天我要走的时候,"她重新说下去,"爹爹翻开抽屉问姨娘有什么好玩意儿给我玩,我看姨娘没有答应,怕她不高兴便说,我什么也不要,爹听见就很生气把抽屉关上,说:不要就算了!"——这里绣绣本来清脆的声音显然有点哑,"等我再想说话,爹已经起来把给妈的钱交给我,还说,你告诉她,有病就去医,自己乱吃药,明日吃死了我不管!"这次绣绣伤心地对我诉说着委屈,轻轻抽噎着哭,一直坐在我们后院子门槛上玩,到天黑了才慢慢地踱回家去,背影消失在张家灰黯的楼下。

夏天热起来,我们常常请绣绣过来喝汽水,吃藕,吃西瓜。娘把我太短了的花布衫送给绣绣穿,她活泼地在我们家里玩,帮着大家摘菜,做凉粉,削果子做甜酱,听国文先生讲书,讲故事。她的妈则永远坐在自己窗口里,摇着一把蒲扇,不时颤声地喊:"绣绣!绣绣!"底下咕噜着一些埋怨她不回家的话,"……同她父亲一样,家里总坐不住!"

有一天,天将黑的时候,绣绣说她肚子痛,匆匆跑回家去。到了吃夜饭时候,张家老妈到了我们厨房里说,绣绣那孩子病得很,她妈不会请大夫,急得只坐在床前哭。我家里人听见了就叫老陈妈过去看绣绣,带着一剂什么急救散。我偷偷跟在老陈妈后面,也到绣绣屋子去看她。我看到我的小朋友脸色苍白地在一张木床上呻吟着,屋子在那黑夜小灯光下闷热的暑天里,显得更凌乱不堪。那黄病的妈妈除却交叉着两只手发抖地在床边敲着,不时呼唤绣绣外,也不会为孩子预备一点什么值当的东西。大个子的蚊子咬着孩子的腿同手臂,大粒子汗由孩子额角沁出流到头发旁边。老陈妈慌张前后地转,拍着绣绣的背,又问徐大奶奶——绣绣的妈——要开水,要药锅煎药。我偷个机会轻轻溜到绣绣床边叫她,绣绣听到声音还勉强地睁开眼睛看看我做了一个微笑,吃力地低声说:"蚊香……在屋角……劳驾你给点一根……"她显然习惯于母亲的无用。

"人还清楚!"老陈妈放心去熬药。这边徐大妈妈咕噜着,"告诉你过人家的汽水少喝!果子也不好,我们没有那命吃那个……偏不听话,这可招了祸!……你完了小冤家,我的老命也就不要了……"绣绣在呻吟中间显然还在哭辩着:"哪里是那些,妈……今早上……我渴,喝了许多泉水。"

家里派人把我拉回去。我记得那一夜我没得好睡,惦记着绣绣,做着种种可怕的梦。绣绣病了差不多一个月,到如今我也不知道到底患的什么病,他们请过两次不同的大夫,每次买过许多杂药。她妈天天给她稀饭吃。正式的医药没有,营养更是等于零的。

因为绣绣的病，她妈妈埋怨过我们，所以她病里谁也不敢送吃的给她。到她病将愈的时候，我天天只送点儿童画报一类的东西去同她玩。

病后，绣绣那灵活的脸上失掉所有的颜色，更显得异样温柔，差不多超尘的洁净，美得好像画里的童神一般，声音也非常脆弱动听，牵得人心里不能不漾起怜爱。但是以后我常常想到上帝不仁的摆布，把这么美好敏感，能叫人爱的孩子虐待在那么一个环境里，明明父母双全的孩子，却那样伶仃孤苦，使她比失却怙恃更茕孑无所依附。当然我自己除却给她一点童年的友谊，做个短时期的游伴以外，毫无其他能力护助着这孩子同她的运命搏斗。

她父亲在她病里曾到她们那里看过她一趟，停留了一个极短的时间。但他因为不堪忍受绣绣妈的一堆存积下的埋怨，他还发气狠心地把她们母女反申斥了，教训了，也可以说是辱骂了一顿。悻悻地他留下一点钱就自己走掉，声明以后再也不来看她们了。

我知道绣绣私下曾希望又希望着她爹去看她们，每次结果都是出了她孩子打算以外的不圆满。这使她很痛苦。这一次她忍耐不住了，她大胆地埋怨起她的妈："妈妈，都是你这样子闹，所以爹气走了，赶明日他再也不来了！"其实绣绣心里同时也在痛苦着埋怨她爹。她有一次就轻声地告诉过我："爹爹也太狠心了，妈妈虽然有脾气，她实在很苦的，她是有病。你知道她生过六个孩子，只剩我一个女的，从前，她常常一个人在夜里哭她死掉的孩子，日中老是做活计，样子同现在很两样，脾气也很好的。"但是绣绣虽然告诉过我——她的朋友——她的心绪，对她母亲的同情，徐大奶奶都只听到绣绣对她一时气愤的埋怨，因此便借题发挥起来，夸张着自己的委屈，向女儿哭闹，谩骂。

那天张家有人听得不过意了，进去干涉，这一来，更触动了徐大奶奶的歇斯塔尔利亚的脾气，索性气结地坐在地上狠命地咬牙捶胸，疯狂似的大哭。等到我也得到消息过去看她们时，绣绣已哭到眼睛红肿，蜷伏在床上一个角里抽搐得像个可怜的迷路的孩子。左右一些邻居都好奇，好事地进去看她们。我听到出来的人议论着她们事说："徐大爷前月生个男孩子。前几天替孩子做满月办了好几桌席，徐大奶奶本来就气得几天没有吃好饭，今天大爷来又说了她同绣绣一顿，她更恨透了，巴不得同那个新的人拚命去！凑巧绣绣还护着爹，倒怨起妈来，你想，她可不就气疯了，拿孩子来出气么？"我还听见有人为绣绣不平，又有人说："这都是孽债，绣绣那孩子，前世里该了他们什么吧？怪可怜的，那点点年纪，整天这样挨着。你看她这场病也会不死？这不是该他们什么还没有还清么？！"

绣绣的环境一天不如一天，的确好像有孽债似的，她妈的暴躁比以前更迅速地加增，虽然她对绣绣的病不曾有效地维护调摄，为着忧虑女儿的身体那烦恼的事实却增进她的衰弱怔忡的症候，变成一个极易受刺激的妇人。为着一点点事，她就得狂暴地骂绣绣。有几次简直无理地打起孩子来。楼上张家不胜其烦，常常干涉着，因之又引起许多不愉快的口角，给和平的绣绣更多不方便同为难。

我自认已不迷信的了，但是人家说绣绣似来还孽债的话，却偏偏深深印在我脑子里，让我回味又回味着，不使我摆脱开那里所隐示的果报轮回之说。读过《聊斋志异》同《西游记》的小孩子的脑子里，本来就装着许多荒唐的幻想的，无意的迷信的话听了进去便很自然发生了相当影响。此后不多时候我竟暗同绣绣谈起观音菩萨的神通来。两人背着人描下柳枝观音的像夹在书里，又常常在后院向西边虔敬地做了一些滑稽的参拜，或烧几炷家里的蚊香。我并且还教导绣绣暗中临时念"阿弥陀佛，救苦救难观世音菩萨"，告诉她那可以解脱突来的灾难。病得瘦白柔驯，乖巧可人的绣绣，于是真的常常天真地双垂着眼，让长长睫毛美丽地覆在脸上，合着小小手掌，虔意地喃喃向着传说能救苦的观音祈求一些小孩子的奢望。

"可是，小姊姊，还有耶稣呢？"有一天她突然感觉到她所信任的神明问题有点儿蹊跷，我们两人都是进过教会学校的——我们所受的教育，同当时许多小孩子一样本是矛盾的。

"对了，还有耶稣！"我呆然，无法给她合理的答案。

神明本身既发生了问题，神明自有公道慈悲等说也就跟着动摇了。但是一个漂泊不得于父母的寂寞孩子显然需要可皈依的主宰的，所以据我所知道，后来观音同耶稣竟是同时庄严地在绣绣心里受她不断地敬礼！

这样日子渐渐过去，天凉快下来，绣绣已经又被指使着去临近小店里采办杂物，单薄的后影在早晨凉风中摇曳着，已不似初夏时活泼。看到人总是含羞地说什么话，除却过来找我一同出街外，也不常到我们这边玩了。

突然地有一天早晨，张家楼下发出异样紧张的声浪，徐大奶奶在哭泣中锐声气愤地在骂着，诉着，喘着，与这锐声相间而发的有沉重的发怒的男子口音。事情显然严重。借着小孩子身份，我飞奔过去找绣绣。张家楼前停着一辆讲究的家车，徐大奶奶房间的门开着一线，张家楼上所有的仆人，厨役，打杂同老妈，全在过道处来回穿行，好奇地听着热闹。屋内秩序比寻常还要紊乱，刚买回来的肉在荷叶上挺着，一把蔬菜萎靡得像一把草，搭在桌沿上，放出灶边或菜市里那种特有气味，一堆碗箸，用过的同未用的，全在一个水盆边放着。墙上美人牌香烟的月份牌已让人碰得在歪斜里悬着。最奇怪的是那屋子里从来未有过的雪茄烟的气氛。徐大爷坐在东边木床上，紧紧锁着眉，怒容满面，口里衔着烟，故作从容地抽着，徐大奶奶由邻居里一个老太婆同一个小脚老妈子按在一张旧藤椅上还断续底颤声地哭着。

当我进门时，绣绣也正拉着楼上张太太的手进来，看见我头低了下去，眼泪显然涌出，就用手背去擦着已经揉得红肿的眼皮。

徐大奶奶见到人进来就锐声地申诉起来。她向着楼上张太太："三奶奶，你听听我们大爷说的没有理的话！……我就有这么半条老命，也不能平白让他们给弄死！我熬了这二十多年，现在难道就这样子把我撵出去？人得有个天理呀！……我打十七岁来到他家，公婆面上什么没有受过，挨过……"

张太太望望徐大爷，绣绣也睁着大眼睛望着她的爹，大爷先只是抽着烟严肃地冷酷地不作声。后来忽然立起来，指着绣绣的脸，愤怒地做个强硬的姿势说："我告诉你，不必说那许多废话，无论如何，你今天非把家里那些地契拿出来交还我不可……这真是岂有此理！荒唐之至！老家里的田产地契也归你管了，这还成什么话！"

夫妇两人接着都有许多驳难的话；大奶奶怨着丈夫遗弃，克扣她钱，不顾旧情，另有所恋，不管她同孩子两人的生活，在外同那女人浪费。大爷说他妻子，不识大体，不会做人，他没有法子改良她，他只好提另再娶能温顺着他的女人另外过活，坚不承认有何虐待大奶奶处。提到地契，两人各据理由争执，一个说是那一点该是她老年过活的凭借，一个说是祖传家产不能由她做主分配。相持到吃中饭时分，大爷的态度愈变愈强硬，大奶奶却喘成一团，由疯狂地哭闹，变成无可奈何地啜泣。别人已渐渐退出。

直到我被家里人连催着回去吃饭时，绣绣始终只缄默地坐在角落里，由无望地伴守着两个互相仇视的父母，听着楼上张太太的几次清醒的公平话，尤其关于绣绣自己的地方。张太太说的要点是他们夫妇两人应该看绣绣面上，不要过于固执。她说："那孩子近来病得很弱。"又说，"大奶奶要留着一点点也是想到将来的事，女孩子长大起来还得出嫁，你不能不给她预备点。"她又说："我看绣绣很聪明，下季就不进学，开春也应该让她去补习点书。"她又向大爷提议："我看以后大爷每月再给绣绣筹点学费，这年头女孩不能老不上学尽在家里做杂务的。"

这些中间人的好话到了那生气的两个人耳里，好像更变成一种刺激，大奶奶听到时只是冷讽着："人家有了儿子了，还顾了什么女儿！"大爷却说："我就给她学费，她那小气的妈也不见得送她去读书呀？"大奶奶更感到冤枉了："是我不让她读书么？你自己不说过：女孩子不用读那么些书么？"

无论如何，那两人固执着偏见，急迫只顾发泄两人对彼此的仇恨，谁也无心用理性来为自己的纠纷寻个解决的途径，更说不到顾虑到绣绣的一切。那时我对绣绣的父母两人都恨透了，恨不得要同他们说理，把我所看到各种的情形全盘不平地倾吐出来，叫他们醒悟，乃至于使他们悔过，却始终因自己年纪太小，他们情形太严重，拿不起力量，懦弱地抑制下来。但是当我咬着牙毒恨他们时，我偶然回头看到我的小朋友就坐在那里，眼睛无可奈何地向着一面，无目地愣着，忽然使我起一种很奇怪的感觉。我悟到此刻在我看去无疑问的两个可憎可恨的人，却是那温柔和平绣绣的父母。我很明白即使绣绣此刻也有点恨他们，但是蒂结在绣绣温婉的心底的，对这两人到底仍是那不可思议的深爱！

我在惘惘中回家去吃饭,饭后等不到大家散去,我就又溜回张家楼下。这次出我意料以外地,绣绣房前是一片肃静。外面风刮得很大,树叶和尘土由甬道里卷过,我轻轻推门进去,屋里的情形使我不禁大吃一惊,几乎失声喊出来!方才所有放在桌上木架上的东西,现在一起打得粉碎,扔散在地面上……大爷同大奶奶显然已都不在那里,屋里既无啜泣,也没有沉重的气愤的申斥声,所余仅剩苍白的绣绣,抱着破碎的想望,无限的伤心,坐在老妈子身边。雪茄烟气息尚香馨地笼罩在这一幅惨淡滑稽的画景上面。

"绣绣,这是怎么了?"绣绣的眼眶一红,勉强调了一下哽咽的嗓子:"妈妈不给那——那地契,爹气了就动手扔东西,后来……他们就要打起来,隔壁大妈给劝住,爹就气着走了……妈让他们挟到楼上'三阿妈'那里去了。"

小脚老妈开始用笤帚把地上碎片收拾起来。

忽然在许多零乱中间,我见到一些花瓷器的残体,我急急拉过绣绣,两人一同俯身去检验。

"绣绣!"我叫起来,"这不是你那两只小瓷碗?也……让你爹砸了么?"

绣绣泪汪汪地点点头,没有答应,云似的两簇花瓷器的担子和初夏的景致又飘过我心头,我捏着绣绣的手,也就默然。外面秋风摇撼着楼前的破百叶窗,两个人看着小脚老妈子将那美丽的尸骸同其他茶壶粗碗的碎片,带着茶叶剩菜,一起送入一个旧簸箕里,葬在尘垢中间。

这世界上许多纠纷使我们孩子的心很迷惑——那年绣绣十一,我十三。

终于在那年的冬天,绣绣的迷惑终止在一个初落雪的清早里。张家楼房背后那一道河水,冻着薄薄的冰,到了中午阳光隔着层层的雾惨白地射在上面,绣绣已不用再缩着脖颈,顺着那条路,迎着冷风到那里去了!无意地她却把她的迷惑留在我心里,飘忽于张家楼前同小店中间直到今日。

你是人间的四月天
（诗歌卷）

你是一树一树的花开,是燕
在梁间呢喃,——你是爱,是暖,
是希望,你是人间的四月天!

你是人间的四月天
——一句爱的赞颂

我说你是人间的四月天；
笑响点亮了四面风；
轻灵在春的光艳中交舞着变。

你是四月早天里的云烟，
黄昏吹着风的软，
星子在无意中闪，
细雨点洒在花前。

那轻，那娉婷，你是，
鲜妍百花的冠冕你戴着，
你是天真，庄严，你是夜夜的月圆。

雪化后那片鹅黄，你像；
新鲜初放芽的绿，你是；
柔嫩喜悦，水光浮动着你梦期待中白莲。

你是一树一树的花开，
是燕在梁间呢喃，——你是爱，是暖，
是希望，
你是人间的四月天！

"谁爱这不息的变幻"

谁爱这不息的变幻,她的行径?
催一阵急雨,抹一天云霞,月亮,
星光,日影,在在都是她的花样,
更不容峰峦与江海偷一刻安定。
骄傲的,她奉着那荒唐的使命:
看花放蕊树凋零,娇娃做了娘;
叫河流凝成冰雪,天地变了相;
都市喧哗,再寂成广漠的夜静!
虽说千万年在她掌握中操纵,
她不曾遗忘一丝毫发的卑微。
难怪她笑永恒是人们造的谎,
来抚慰恋爱的消失,死亡的痛。
但谁又能参透这幻化的轮回,
谁又大胆的爱过这伟大的变幻?

莲 灯

如果我的心是一朵莲花，
正中擎出一支点亮的蜡，
荧荧虽则单是那一剪光，
我也要它骄傲的捧出辉煌。
不怕它只是我个人的莲灯，
照不见前后崎岖的人生——
浮沉它依附着人海的浪涛
明暗自成了它内心的秘奥。
单是那光一闪花一朵——
像一叶轻舸驶出了江河——
宛转它飘随命运的波涌
等候那阵阵风向远处推送。
算做一次过客在宇宙里，
认识这玲珑的生从容的死，
这飘忽的途程也就是个——
也就是个美丽美丽的梦。

那 一 晚

那一晚我的船推出了河心,
澄蓝的天上托着密密的星。
那一晚你的手牵着我的手,
迷惘的星夜封锁起重愁。
那一晚你和我分定了方向,
两人各认取个生活的模样。

到如今我的船仍然在海面飘,
细弱的桅杆常在风涛里摇。
到如今太阳只在我背后徘徊,
层层的阴影留守在我周围。
到如今我还记着那一晚的天,
星光、眼泪、白茫茫的江边!
到如今我还想念你岸上的耕种:
红花儿黄花儿朵朵的生动。

那一天我希望要走到了顶层,
蜜一般酿出那记忆的滋润。
那一天我要挎上带羽翼的箭,

望着你花园里射一个满弦。
那一天你要听到鸟般的歌唱，
那便是我静候着你的赞赏。
那一天你要看到零乱的花影，
那便是我私闯入当年的边境！

笑

笑的是她的眼睛，口唇，
和唇边浑圆的漩涡。
艳丽如同露珠，
朵朵的笑向贝齿的闪光里躲。
那是笑——神的笑，美的笑：
水的映影，风的轻歌。

笑的是她惺松的鬈发，
散乱的挨着她耳朵。
轻软如同花影，
痒痒的甜蜜涌进了你的心窝。
那是笑——诗的笑，画的笑：
云的留痕，浪的柔波。

深夜里听到乐声

这一定又是你的手指,
轻弹着,
在这深夜,稠密的悲思。

我不禁颊边泛上了红,
静听着,
这深夜里弦子的生动。

一声听从我心底穿过,
忒凄凉,
我懂得,但我怎能应和?

生命早描定她的式样,
太薄弱,
是人们的美丽的想象。

除非在梦里有这么一天,
你和我,
同来攀动那根希望的弦。

情　愿

我情愿化成一片落叶,
让风吹雨打到处飘零;
或流云一朵,在澄蓝天,
和大地再没有些牵连。

但抱紧那伤心的标志,
去触遇没着落的怅惘;
在黄昏,夜半,蹑着脚走,
全是空虚,再莫有温柔;

忘掉曾有这世界;有你;
哀悼谁又曾有过爱恋;
落花似的落尽,
忘了去这些个泪点里的情绪。

到那天一切都不存留,
比一闪光,一息风更少痕迹,
你也要忘掉了我,
曾经在这世界里活过。

仍 然

你舒伸得像一湖水向着晴空里白云,
又像是一流冷涧,
澄清许我循着林岸穷究你的泉源:
我却仍然怀抱着百般的疑心,
对你的每一个映影!

你展开像个千瓣的花朵!
鲜妍是你的每一瓣,更有芳沁,
那温存袭人的花气,伴着晚凉:
我说花儿,这正是春的捉弄人,
来偷取人们的痴情!

你又学叶叶的书篇随风吹展,
揭示你的每一个深思;每一角心境,
你的眼睛望着,我,不断地在说话:
我却仍然没有回答,
一片的沉静永远守住我的魂灵。

激　昂

我要借这一时的豪放和从容，
灵魂清醒地再喝一泉甘甜的鲜露，
来挥动思想的利剑，
舞它那一瞥最敏锐的锋芒，
像皑皑塞野的雪，
在月的寒光下闪映，
喷吐冷激的辉艳；
——斩，斩断这时间的缠绵，
和猥琐网布的纠纷，
剖取一个无瑕的透明，
看一次你，纯美，
你的裸露的庄严。
……

然后踩登任一座高峰，
攀牵着白云和锦样的霞光，
跨一条长虹，
瞰临着澎湃的海，
在一穹匀净的澄蓝里，

书写我的惊讶与欢欣,
献出我最热的一滴眼泪,
我的信仰,至诚,和爱的力量,
永远膜拜,
膜拜在你美的面前!

一 首 桃 花

桃花,
那一树的嫣红,
像是春说的一句话:
朵朵露凝的娇艳,
是一些
玲珑的字眼,
一瓣瓣的光致,
又是些
柔的匀的吐息;
含着笑,
在有意无意间
生姿的顾盼。
看,——
那一颤动在微风里
她又留下,淡淡的,
在三月的薄唇边,
一瞥,
一瞥多情的痕迹!

中 夜 钟 声

钟声,
敛住又敲散一街的荒凉
听——
那圆的一颗颗声响,
直沉下时间静寂的咽喉。

像哭泣,
像哀恸,
将这僵黑的中夜,
葬入那永不见曙星的空洞——

轻——重……
重——轻……
这摇曳的一声声,
又凭谁的主意
把那余剩的忧惶
随着风冷——
纷纷,
掷给还不成梦的人。

山 中 一 个 夏 夜

山中有一个夏夜,
深得像没有底一样;
黑影,松林密密的;
周围没有点光亮。
对山闪着只一盏灯——
两盏像夜的眼,
夜的眼在看!

满山的风全蹑着脚,
像是走路一样,
躲过了各处的枝叶,
各处的草,不响。
单是流水,不断地在山谷上,
石头的心,石头的口在唱。

均匀的一片静,罩下,
像张软垂的幔帐。
疑问不见了,四角里模糊,
是梦在窥探?
夜像在诉祷,无声地在期待,
幽馥的虔诚在无声里布漫。

微 光

街上没有光,没有灯,
店廊上一角挂着有一盏;
他和她把他们一家的运命
含糊的,全数交给这黯淡。

街上没有光,没有灯,
店窗上,街角,照着有半盏。
合家大小朴实的脑袋,
并排儿,熟睡在土炕上。

外边有雪夜;有泥泞;
沙锅里有不够明日的米粮;
小屋,静守住这微光,
缺乏着生活上需要的各样。

缺的是把干柴;是杯水;麦面……
为这吃的喝的,本说不到信仰,——
生活已然,固定的,单靠气力,
在肩臂上边,来支持那生的胆量。

明天,又明天,又明天……
一切都限定了,谁还说希望——
即使是做梦,在梦里,闪着,
仍旧是这一粒孤勇的光亮?

街角里有盏灯,有点光,
挂在店廊,照在窗槛,
他和她,把他们一家的运命,
明白的,全数交给这凄惨。

秋天,这秋天

这是秋天,秋天,
风还该是温软;
太阳仍笑着那微笑,
闪着金银,
夸耀他实在无多了的
最奢侈的早晚!
这里那里,在这秋天,
斑彩错置到各处山野,
和枝叶中间,
像醉了的蝴蝶,
或是珊瑚珠翠,华贵的失散,
缤纷降落到地面上。
这时候心得像歌曲,
由山泉的水光里闪动,
浮出珠沫,
溅开山石的喉嗓唱。
这时候满腔的热情全是你的,
秋天懂得,
秋天懂得那狂放,——

秋天爱的是那不经意,
不经意的零乱!

但是秋天,这秋天,
他撑着梦一般的喜筵,
不为的是你的欢欣:
他撒开手,一掬缨络,
一把落花似的幻变,
还为的是那不定的悲哀,
归根儿蒂结住在这人生的中心!
一阵萧萧的风,
起自昨夜西窗的外沿,
摇着梧桐树哭。——
起始你怀疑着:
荷叶还没有残败;
小划子停在水流中间;
夏夜的细语,夹着虫鸣,
还信得过仍然偎着
耳朵旁温甜;
但是梧桐叶带来桂花香,
已打到灯盏的光前。
一切都两样了,他闪一闪说,
只要一夜的风,一夜的幻变。

冷雾迷住我的两眼,
在这样的深秋里,
你又同谁争?
现实的背面是不是现实,荒诞的,

果属不可信的虚妄?
疑问抵不住简单的残酷,
再别要悯惜流血的哀惶,
趁一次里,
要认清造物更是摧毁的工匠。
信仰只一细炷香,
那点子亮再经不起西风
沙沙的隔着梧桐树吹!
如果你忘不掉,
忘不掉那同听过的鸟啼;
同看过的花好,
信仰该在过往的中间安睡。……
秋天的骄傲是果实,
不是萌芽,——
生命不容你不献出你积累的馨芳;
交出受过光热的每一层颜色;
点点沥尽你最难堪的酸怆。
这时候,
切不用哭泣;或是呼唤;
更用不着闭上眼祈祷;
(向着将来的将来空等盼);
只要低低的,
在静里,低下去已困倦的头来承受,——
承受这叶落了的秋天
听风扯紧了弦索自歌挽:
这秋,这夜,这惨的变换!

年 关

哪里来,又向哪里去,
这不断,不断的行人,
奔波杂遝的,这车马?
红的灯光,绿的紫的,
织成了这可怕,还是可爱的夜?
高的楼影渺茫天上,
都象征些什么现象?
这噪聒中为什么又凝着这沉静;
这热闹里,会是凄凉?
这是年关,年关,
有人由街头走着,估计着,
孤零的影子斜映着。
一年,又是一年辛苦,
一盘子算珠的艰和难。
日中你敛住气,夜里你喘,
一条街,一条街,
跟着太阳灯光往返。

人和人,好比水在流,

人是水，两旁楼是山！
一年，一年，连年里，
这穿过城市胸脯的辛苦，
成千万，成千万人流的血汗，
才会造成了像今夜这神奇可怕的灿烂！
看，街心里横一道影，
灯盏上开着血印的花，
夜在凉雾和尘沙中进展，展进，
许多口里在喘着年关，年关……

忆

新年等在窗外,一缕香,
枝上刚放出一半朵红。
心在转,
你曾说过的几句话,
白鸽似的盘旋。

我不曾忘,也不能忘,
那天的天澄清的透蓝,
太阳带点暖,
斜照在每棵树梢头,
像凤凰。

是你在笑,仰脸望,
多少勇敢话那天,
你我全说了,
——像张风筝向蓝穹,
凭一线力量。

吊 玮 德

玮德，是不是那样，
你觉到乏了，有点儿不耐烦，
并不为别的缘故
你就走了，
向着哪一条路？
玮德你真是聪明；
早早地让花开过了
那顶鲜妍的几朵，
就选个这样春天的清晨，
挥一挥袖，
对着晓天的烟霞走去，
轻轻地，轻轻地背向着我们。
春风似的不再停住！

春风似的吹过，
你却留下，
永远的那么一颗，
少年人的信心；
少年的微笑，

和悦的,
洒落在别人的新枝上。
我们骄傲,
你这骄傲,
但你,玮德,独不惆怅,
我们这一片懦弱的悲伤?

黯淡是这人间,
美丽不常走来,
你知道。
歌声如果有,
也只在几个唇边旋转!
一层一层尘埃,
凄怆是各样的安排,
即使狂飙不起,狂飙不起,
这远近苍茫,
雾里狼烟,
谁还看见花开!

你走了,
你也走了,
尽走了,再带着去,
那些儿馨芳,
那些个嘹亮,
明天再明天,此后,
寂寞的平凡中,
都让谁来支持?

一星星理想,
难道从此都空挂到天上?

玮德你真是个诗人,
你是这般年轻,
好像天方放晓,钟刚敲响……
你却说倦了,
有点儿不耐烦忍心,
一条虹桥由中间拆断;
情愿听杜鹃啼唱,
相信有明月长照,
寒光水底能依稀映成那一半连环、憬憧中,
你诗人的希望!

玮德是不是那样?
你觉得乏了,
人间的怅惘你不管;
莲叶上笑着展开,
浮烟似的诗人的脚步。
你只相信天外那一条路?

灵 感

是你,是花,是梦,打这儿过,
此刻像风在摇动着我:
告诉日子重叠盘盘的山窝;
清泉潺潺流动转狂放的河;
孤僻林里闲开着鲜妍花,
细香常伴着圆月静天里挂;
且有神仙纷纭的浮出紫烟,
衫裾飘忽映影在山溪前;
给人的理想和理想上铺香花,
叫人心和心合着唱;
直到灵魂舒展成条银河,
长长流在天上一千首歌!

是你,是花,是梦,打这里儿过,
此刻像风,在摇动着我;
告诉日子是这样的不清醒;
当中偏响着想不到的一串铃。
树枝里轻声摇曳;金镶上翠,
低了头的斜阳,又一抹光辉。

难怪阶前人忘掉黄昏,脚下草,
高阁古松,望着天上点骄傲;
留下檀香,木鱼,合掌,
在神龛前,在蒲团上,
楼外又楼外,幻想彩霞却缀成凤凰栏杆,
挂起了塔顶上灯!

城 楼 上

你说什么?
鸭子,太阳,
城墙下那护城河?
——我?
我在想,
——不是不在听——
想怎样
从前……
对了,
也是秋天!

你也曾去过,
你?那小树林?
还记得么;
山窝,红叶像火?
映影湖心里倒浸,
那静?
天!……
　（今天的多蓝,你看!)

白云,
像一缕烟。

谁又啰唆?
你爱这里城墙,
古墓,长歌,
蔓草里开野花朵。
好,我不再讲从前的,
单想我们在古城楼上
今天,——
白鸽,
(你准知道是白鸽?)
飞过面前。

深　笑

是谁笑得那样甜，那样深，
那样圆转？
一串一串明珠大小闪着光亮，进出天真！
清泉底浮动，泛流到水面上，
灿烂，
分散！

是谁笑得好花儿开了一朵？
那样轻盈，不惊起谁。
细香无意中，随着风过，
拂在短墙，
丝丝在斜阳前挂着留恋。

是谁笑成这百层塔高耸，
让不知名鸟雀来盘旋？
是谁笑成这万千个风铃的转动，
从每一层琉璃的檐边摇上云天？

风　筝

看，那一点美丽
会闪到天空！
几片颜色，
挟住双翅，
心，缀一串红。

飘摇，它高高的去，
逍遥在太阳边，
太空里闪一小片脸，
但是不，你别错看了，
错看了它的力量，
天地间认得方向！
它只是轻的一片，
一点子美，
像是希望，又像是梦；
一长根丝牵住天穹，渺茫——
高高推着它舞去，
白云般飞动，
它也猜透了不是自己，
它知道，知道是风！

别 丢 掉

别丢掉,
这一把过往的热情,
现在流水似的,
轻轻在幽冷的山泉底,
在黑夜,在松林,
叹息似的渺茫,
你仍要保存着那真!
一样是月明,
一样是隔山灯火,
满天的星,
只使人不见,
梦似的挂起,
你问黑夜要回那一句话
——你仍得相信,
山谷中留着,
有那回音!

雨　后　天

我爱这雨后天,
这平原的青草一片!
我的心没底止地跟着风吹,
风吹:
吹远了香草,落叶,
吹远了一缕云,像烟——
像烟。

记　忆

断续的曲子，
最美或最温柔的夜，
带着一天的星。
记忆的梗上，
谁不有两三朵娉婷，
披着情绪的花，
无名的展开野荷的香馥，
每一瓣静处的月明。
湖上风吹过，
额发乱了，
或是水面皱起像鱼鳞的锦。
四面里的辽阔，
如同梦，
荡漾着中心彷徨的过往，
不着痕迹，
谁都认识那图画，
沉在水底记忆的倒影！

静　院

你说这院子深深的——
美从不是现成的。
这一掬静,
到了夜,你算,
就需要多少铺张?
月圆了残,叫卖声远了,
隔过老杨柳,一道墙,又转,
初一?凑巧谁又在烧香……
离离落落的满院子,
不定是神仙走过,
仅是迷惘,像梦……
窗槛外或者是暗的,
或透那么一点灯火。

这掬静,院子深深的
——有人也叫它做情绪——
情绪,好,
你指点看有不有轻风,
轻得那样没有声响,吹着凉?

黑的屋脊，自己的，人家的，
兽似的背耸着，
又像寂寞在嘶声的喊！
石阶，尽管沉默，你数，
多少层下去，下去，
是不是还得栏杆，
斜斜的双树的影去支撑？

对了，角落里边还得有人低着头脸。
会忘掉又会记起，——会想，
——那不论——
或者是船去了，一片水，
或是小曲子唱得嘹亮；
或是枝头粉黄一朵，
记不得谁了，又向谁认错！
又是多少年前，——夏夜。
有人说：
"今夜，天……"（也许是秋夜）
又穿过藤萝，
指着一边，小声地，
"你看，星子真多！"
草上人描着影子；
那样点头，走，
又有人笑……

静，真的，你可相信，
这平铺的一片——

不单是月光,星河,
雪和萤虫也远——
夜,情绪,进展的音乐,
如果慢弹的手指能轻似蝉翼,
你拆开来看,纷纭,
那玄微的细网,
怎样深沉的拢住天地,
又怎样交织成,
这细致飘渺的彷徨!

无 题

什么时候再能有,
那一片静;
溶溶在春风中立着,
面对着山,面对着小河流?

什么时候还能那样,
满掬着希望;
披拂新绿,耳语似的诗思,
登上城楼,更听那一声钟响?

什么时候,又什么时候,
心才真能懂得,
这时间的距离,山河的年岁;
昨天的静,钟声,
昨天的人,
怎样又在今天里划下一道影!

题剔空菩提叶

认得这透明体,
智慧的叶子掉在人间?
消沉,慈净——
那一天一闪冷焰,
一叶无声的坠地,
仅证明了智慧寂寞,
孤零的终会死在风前!
昨天又昨天,
美还逃不出时间的威严;
相信这里睡眠着最美丽的骸骨,
一丝魂魄月边留念,
菩提树下清荫则是去年!

黄 昏 过 泰 山

记得那天,
心同一条长河,
让黄昏来临,
月一片挂在胸襟。
如同这青黛山,
今天,
心是孤傲的屏障一面;
葱郁,
不忘却晚霞,
苍莽,
却听脚下风起,
来了夜——

昼　梦

昼梦垂着纱,
无从追寻那开始的情绪,
还未曾开花;
柔韧得像一根乳白色的茎,
缠住纱帐下;
银光有时映亮,去了又来;
盘盘丝络,
一半失落在梦外。

花竟开了,开了;
零落的攒集,
从容的舒展,
一朵,那千百瓣!
抖擞那不可言喻的刹那情绪,
庄严峰顶——
天上一颗星……
晕紫,深赤,
天空外旷碧,
是颜色同颜色浮溢,腾飞……

深沉,
又凝定——
悄然香馥,
袅娜一片静。

昼梦垂着纱,
无从追踪的情绪开了花;
四下里香深,
低覆着禅寂,
间或游丝似的摇移,
悠忽一重影;
悲哀或不悲哀,
全是无名,
一闪娉婷。

八 月 的 忧 愁

黄水塘里游着白鸭,
高粱梗油青的刚高过头,
这跳动的心怎样安插,
田里一窄条路,八月里这忧愁?

天是昨夜雨洗过的,
山冈照着太阳又留一片影;
羊跟着放羊的转进村庄,
一大棵树荫下罩着井,又像是心!

从没有人说过八月什么话,
夏天过去了,也不到秋天。
但我望着田垄,土墙上的瓜,
仍不明白生活同梦怎样的连牵。

过　杨　柳

反复地在敲问心同心，
彩霞片片已烧成灰烬，
街的一头到另一条路，
同是个黄昏扑进尘土。

愁闷压住所有的新鲜，
奇怪街边此刻还看见，
混沌中浮出光妍的纷纠，
死色楼前垂一棵杨柳！

冥 思

心此刻同沙漠一样平，
思想像孤独地一个阿拉伯人；
仰脸孤独的向天际望，
落日远边奇异的霞光，
安静的，又侧个耳朵听，
远处一串骆驼的归铃。

在这白色的周遭中，
一切像凝冻的雕形不动；
白袍，腰刀，长长的头巾，
浪似的云天，沙漠上风！
偶有一点子振荡闪过天线，
残霞边一颗星子出现。

空想（外四章）

空想

终日的企盼企盼正无着落,
太阳穿窗棂影,种种花样。
暮秋梦远,一首诗似的寂寞,
真怕看光影,花般洒在满墙。

日子悄悄地仅按沉吟的节奏,
尽打动简单曲,像钟摇响。
不是光不流动,花瓣子不点缀时候,
是心漏却忍耐,厌烦了这空想!

你来了

你来了,画里楼阁立在山边,
交响曲,由风到风,草青到天!
阳光投多少个方向,谁管?
你,我如同画里人,
掉回头,便就不见!

你来了,花开到深深的深红,
绿萍遮住池塘上一层晓梦,
鸟唱着,树梢交织着枝柯,
——白云却是我们,悠忽翻过几重天空!

"九·一八"闲走

天上今早盖着两层灰,
地上一堆黄叶在徘徊,
惘惘地是我跟着凉风转,
荒街小巷,蛇鼠般追随!

我问秋天,秋天似也疑问我:
在这尘沙中又挣扎些什么,
黄雾扼住天的喉咙,
处处仅剩情绪的残破?

但我不信热血不仍在沸腾;
思想不仍铺在街上多少层;
甘心让来往车马狠命的轧压,
待从地面开花,另来一种完整。

藤花前——独过静心斋

紫藤花开了,
轻轻地放着香,
没有人知道……

紫藤花开了，
轻轻地放着香，
没有人知道。
楼不管，曲廊不作声，
蓝天里白云行去，
池子一脉静；
水面散着浮萍，
水底下挂着倒影。

紫藤花开了，
没有人知道！
蓝天里白云行去，
小院，
无意中我走到花前。
轻香，
风吹过花心，
风吹过我，
望着无语，紫色点。

旅途中

我卷起一个包袱走，
过一个山坡子松，
又走过一个小庙门，
在早晨最早的一阵风中。
我心里没有埋怨，人或是神；

天底下的烦恼，连我的拢总，
像已交给谁去……

前面天空。
山中水那样清，
山前桥那么白净，——
我不知道造物者认不认得自己图画；
乡下人的笠帽，草鞋，
乡下人的性情。

红叶里的信念

年年不是要看西山的红叶,
谁敢看西山红叶?
不是要听异样的鸟鸣,
停在那一个静幽的树枝头,
是脚步不能自己的走一走,
迈向理想的山坳子,
寻觅从未曾寻着的梦:
一茎梦里的花,一种香,
斜阳四处挂着,风吹动,
转过白云,小小一角高楼。

钟声已在脚下,
松同松并立着等候,
山野已然百般渲染豪侈的深秋。
梦在哪里,你的一缕笑,
一句话,在云浪中寻遍不知落到哪一处?
流水已经渐渐的清寒,
载着落叶穿过空的石桥,
白栏杆,叫人不忍再看,

红叶去年同踏过的脚迹火一般。
好，抬头，这是高处，
心卷起随着那白云浮过苍茫，
别计算在哪里驻脚，
去，相信千里外还有霞光，像希望，
记得那烟霞颜色，
就不为编织美丽的明天，
为此刻空的歌唱，
空的凄恻，空的缠绵，
也该放多一点勇敢，
不怕连牵斑驳金银般旧积的创伤！

再看红叶每年，山重复的流血，
山林，石头的心胸从不倚借梦支撑，
夜夜风像利刀削过大土壤，
天亮时沉默焦灼的唇，
忍耐的仍向天蓝，
呼唤瓜果风霜中完成，
呈光彩，自己山头流血，变坟台！
平静，我的脚步，慢点儿去，
别相信谁曾安排下梦来！
一路上枯枝，鸟不曾唱，
小野草香风早不是春天。
停下！停下！
风同云，水同水藻全叫住我，
说梦在背后；
蝴蝶秋千理想的山坳，

同这当前现实的石头子路还缺个牵连!
愈是山中奇妍的黄月光挂出树尖,
愈得相信梦,
梦里斜晖一茎花是谎!

但心不信!
空虚的骄傲秋风中旋转,
心仍叫喊理想的爱和美,
同白云角逐;同斜阳笑吻;
同树,同花,同香,
乃至同秋虫石隙中悲鸣,要携手去;
同奔跃嬉游水面的青蛙,
盲目的再去寻盲目日子,
要现实的热情另涂图画,
要把满山红叶采作花!

这萧萧瑟瑟不断的呜咽,
掠过耳鬓也还卷着温存,
影子在秋光中摇曳,
心再不信光影外有串疑问!
心仍不信,
只因是午后,
那片竹林子阳光穿过照暖了石头,
赤红小山坡,
影子长长两条,
你同我曾经参差那亭子石路前,
浅碧波光老树干旁边!

生命中的谎再不能比这把颜色更鲜艳!
记得那一片黄金天,
珊瑚般玲珑叶子秋风里挂,
即使自己感觉内心流血,
又怎样个说话?
谁能问这美丽的后面是什么?
赌博时,眼闪亮,
从不悔那猛上孤注的力量;
都说任何苦痛去换任何一分,
一毫,一个纤微的理想!

所以脚步此刻仍在迈进,
不能自已,不能停!
虽然山中一万种颜色,一万次的变,
各种寂寞已环抱着孤影;
热的减成微温,温的又冷,
焦黄叶压踏在脚下碎裂,
残酷地散排昨天的细屑,
心却仍不问脚步为甚固执,
那寻不着的梦中路线,
仍依恋指不出方向的一边!
西山,我发誓地,指着西山,
别忘记,
今天你,我,红叶,
连成这一片血色的伤怆!
知道我的日子仅是匆促的几天,
如果明年你同红叶再红成火焰,

我却不见……深紫,
你山头须要多添一缕抑郁热情的象征,
记下我曾为这山中红叶,
今天流血地存一堆信念!

山　中

紫色山头抱住红叶,将自己影射在山前,
人在小石桥上走过,渺小的追一点子想念。
高峰外云在深蓝天里镶白银色的光转,
用不着桥下黄叶,人在泉边,才记起夏天!

也不因一个人孤独的走路,路更蜿蜒,
短白墙房舍像画,仍画在山坳另一面,
只这丹红集叶替代人记忆失落的层翠,
深浅团抱这同一个山头,惆怅如薄层烟。

山中斜长条青影,如今红萝乱在四面,
百万落叶火焰在寻觅山石荆草边,
当时黄月下共坐天真的青年人情话,
相信那三两句长短,星子般仍挂秋风里不变。

静　坐

冬有冬的来意,
寒冷像花,——
花有花香,冬有回忆一把。
一条枯枝影,青烟色的瘦细,
在午后的窗前拖过一笔画;
寒里日光淡了,渐斜……
就是那样地像待客人说话,
我在静沉中默啜着茶。

十 月 独 行

像个灵魂失落在街边,
我望着十月天上十月的脸,
我向雾里黑影上涂热情,
悄悄地看一团流动的月圆。

我也看人流着流着过去来回,
黑影中冲着波浪翻星点,
我数桥上栏杆龙样头尾,
像坐一条寂寞船,自己拉纤。

我像哭,像自语,我更自己抱歉!
自己焦心,同情,一把心紧似琴弦,——
我说哑的,哑的琴我知道,
一出曲子未唱,幻望的手指终未来在上面?

时　间

人间的季候永远不断在转变，
春时你留下多处残红，翩然辞别，
本不想回来时同谁叹息秋天！

现在连秋云黄叶又已失落去，
辽远里，剩下灰色的长空一片透彻的寂寞，
你忍听冷风独语？

古　城　春　景

时代把握不住时代自己的烦恼，
轻率的不满，就不叫它这时代牢骚——
偏又流成愤怨，聚一堆黑色的浓烟，
喷出烟囱，那矗立的新观念，在古城楼对面！

怪得这嫩灰色———片，带疑问的春天，
要泥黄色风沙，顺着白洋灰街沿，
再低着头去寻觅那已失落了的浪漫，
到蓝布棉帘子，万字栏杆，仍上老店铺门槛？

寻去，不必有新奇的新发现，旧有保障，
即使古老些，需要翡翠色甘蔗做拐杖，
来支撑城墙下小果摊，那红鲜的冰糖葫芦，
仍然光耀，串串如同旧珊瑚，还不怕新时代的尘土。

前　后

河上不沉默的船,
载着人过去了;
桥——三环洞的桥基,
上面再添了足迹;
早晨,
早又到了黄昏,
这赓续,
绵长的路……

不能问谁,
想望的终点,——
没有终点,
这前面。
背后,
历史是片累赘!

去 春

不过是去年的春天,花香,
红白的相间着一条小曲径,
在今天这苍白的下午,再一次登山,
回头看,小山前一片松风,
就吹成长长的距离,在自己身旁。

人去时,孔雀绿的园门,白丁香花,
相伴着动人的细致,在此时,
又一次湖水将解的季候,已全变了画。
时间里悬挂,迎面阳光不来,
就是来了也是斜抹一行沉寂记忆,树下。

除 夕 看 花

新从嘈杂着异乡口调的花市上买来，
碧桃雪白的长枝，同红血般的山茶花。
着自己小角隅再用精致鲜艳来结采，
不为着锐的伤感，仅是钝的还有剩余下！

明知道房里的静定，像弄错了季节，
气氛中故乡失得更远些，时间倒着悬挂；
过年也不像过年，看出灯笼在燃烧着点点血，
帘垂花下已记不起旧时热情、旧日的话。

如果心头再旋转着熟识旧时的芳菲，
模糊如条小径越过无数道篱笆，
纷纭的花叶枝条，草看弄得人昏迷，
今日的脚步，再不甘重踏上前时的泥沙。

月色已冻住，指着各处山头，河水更零乱，
关心的是马蹄平原上辛苦，无响在刻画，
除夕的花已不是花，仅一句言语梗在这里，
抖战着千万人的忧患，每个心头上牵挂。

孤 岛

遥望它是充满画意的山峰,
远立在河心里高傲的凌耸,
可怜它只是不幸的孤岛,——
天然没有梗堤,人工没搭座虹桥。

他同他的映影永为周围水的囚犯;
陆地于它,是达不到的希望!
早晚寂寞它常将小舟挽住,
风雨时节任江雾把自己隐去。

晴天它挺着小塔,玲珑独对云心;
盘盘石阶,由钟声松林中,超出安静。
特殊的轮廓它苦心孤诣做成,
漠漠大地又哪里去找一点同情?

死 是 安 慰

个个连环，永打不开，
生是个结，又是个结，
死的实在，
一朵云彩。

一根绳索，永远牵住，
生是张风筝，难得飘远，
死是江雾，
迷茫飞去。

长条旅程，永在中途，
生是串脚步，泥般沉重，
死是尽处，
不再辛苦。

一曲溪涧，日夜流水，
生是种奔逝，永在离别！
死只一回，
它是安慰。

给 秋 天

正与生命里一切相同,
我们爱得太是匆匆;
好像只是昨天,
你还在我的窗前!

笑脸向着晴空,
你的林叶笑声里染红,
你把黄光当金子般散开,
稚气,豪侈,你没有悲哀。

你的红叶是亲切的牵绊,
那零乱每早必来缠住我的晨光。
我也吻你,不顾你的背影隔过玻璃!
你常淘气的闪过,却不对我忸怩。

可是我爱的多么疯狂,
竟未觉察凄厉的夜晚,
已在你背后尾随,——
等候着把你残忍的摧毁!

一夜呼号的风声,
果然没有把我惊醒,
等到太晚的那个早晨,
啊。天!你已经不见了踪影。

我苛刻地诅咒自己,
但现在有谁走过这里,
除却严冬铁样长脸,
阴霾中,偶然一见。

人　生

人生，
你是一支曲子，
我是歌唱的；

你是河流，
我是条船，一片小白帆，
我是个行旅者的时候，
你，田野，山林，峰峦。

无论怎样，
颠倒密切中牵连着，
你和我，
我永从你中间经过；

我生存，
你是我生存的河道，
理由同力量。
你的存在，
则是我胸前心跳里，

五色的绚彩,
但我们彼此交错,
并未彼此留难。
……
现在我死了,
你——
我把你再交给他人负担!

展　缓

当所有的情感，
都并入一股哀怨，
如小河，大河，汇向着无边的大海，
——不论怎么冲击，怎样盘旋，
那河上劲风，大小石卵，
所做成的几处逆流，小小港湾，
就如同
那生命中，无意的宁静，
避开了主流；情绪的
平波越出了悲愁。

停吧，这奔驰的血液；
它们不必全然废弛的，
都去造成眼泪。
不妨多几次辗转，溯回流水，
任凭眼前这一切缭乱，
这所有，去建筑逻辑。
把绝望的结论，
稍稍
迟缓，拖延时间，
拖延理智的判断，
会再给纯情感一种希望！

六 点 钟 在 下 午

用什么来点缀,
六点钟在下午?
六点钟在下午,
点缀在你生命中,
仅有仿佛的灯光,
褪败的夕阳,
窗外一张落叶在旋转!

用什么来陪伴,
六点钟在下午?
六点钟在下午,
陪伴着你在暮色里闲坐,
等光走了,影子变换,
一支烟,为小雨点继续着,
无所盼望!

昆明即景

一 茶铺

这是立体的构画,
描在这里许多样脸,
在顺城脚的茶铺里,
隐隐起喧腾声一片。

各种的姿势,
生活刻画着不同方面:
茶座上全坐满了,
笑的,皱眉的,有的抽着旱烟。

老的,慈祥的面纹,
年轻的,灵活的眼睛,
都暂要时间茶杯上停住,
不再去扰乱心情!

一天一整串辛苦,
此刻才赚回小把安静,

夜晚回家,还有远路,
白天,谁有工夫闲看云影?

不都为着真的口渴,
四面窗开着,喝茶,
跷起膝盖的是疲乏,
赤着臂膀好同乡邻闲话。

也为了放下扁担同肩背,
向运命喘息,倚着墙,
每晚靠这一碗茶的生趣,
幽默估量生的短长……

这是立体的构画,
设色在小生活旁边,
荫凉南瓜棚下茶铺,
热闹照样地又过了一天!

二　小楼

张大爷临街的矮楼,
半藏着,半挺着,立在街头,
瓦覆着它,窗开一条缝,
夕阳染红它,如写下古远的梦。

矮檐上长点草,也结过小瓜,

破石子路在楼前，无人种花，
是老坛子，瓦罐，大小的相伴；
尘垢列出许多风趣的零乱。

但张大爷走过，不吟咏它好；
大爷自己（上年纪了）不相信古老。
他拐着杖常到隔壁沽酒，
宁愿过桥，土堤去看新柳！

一 串 疯 话

好比这树丁香,几枝山红杏,
相信我的心里留着有一串话,
绕着许多叶子,青青的沉静,
风露日夜,只盼五月来开开花!

如果你是五月,八月里为我吹开
蓝空上霞彩,那样子来了春天,
忘掉腼腆,我定要转过脸来,
把一串疯话全说在你的面前!

桥

他的使命:
南北两岸莽莽两条路的携手;
他的完成:
不挡江月东西,船只上下的交流;
他的肩背:
坚定的让脚步上面通过,找各人的路去;
他的胸怀:
虚空的环洞,不把江心的洪流堵住。

他是座桥,
一条大胆的横梁,立脚于茫茫水面;
一堆泥石,
辛苦堆积或造型的完美,在自然上边;
一掬理智,
适应无数的神奇,支持立体的纪念;
一次人工,
矫正了造化的疏忽,将隔绝的重新牵连!

他是座桥,
看那平衡两排如同静思的栏杆;
他的力量,
两座桥墩下,多粗壮的石头镶嵌;
他的忍耐,
容每道车辙刻入脚印已磨光的石板;
他的安闲,
岁月增进,让钓翁野草随在身旁。

他的美丽,
如同山月的锁钥,正见出人类匠心;
他的心灵,
浸入寒波,在一钩倒影里续成圆形。
他的存在,
却不为嬉戏的闲情——而为责任;
他的理想,
该寄给人生行旅者一种虔诚。

古 城 黄 昏

我见到古城在斜阳中凝神；
城楼望着城楼，
忘却中间一片黄金的殿顶；
十条闹街还散在脚下，
虫蚁一样有无数行人。

我见到古城在黄昏中凝神；
乌鸦噪聒的飞旋，
废苑古柏在困倦中支撑。
无数坛庙寂寞与荒凉，
锁起一座座剥落地殿门！
我听到古城在薄雾中独语；
僧寺悄寂，熄了香火，
钟声沉下，市声里失去；
车马不断扬起年代的尘土，
到处风沙叹息着历史。

病中杂诗（九首）

小诗（一）

感谢生命的讽刺嘲弄着我，
会唱的喉咙哑成了无言的歌。
一片轻纱似的情绪，本是空灵，
现时上面全打着拙笨补丁。

肩头上先是挑起两担云彩，
带着光辉要在从容天空里安排；
如今黑压压沉下现实的真相，
灵魂同饥饿的脊梁将一起压断！

我不敢问生命现在人该当如何，
喘气！经验已如旧鞋底的穿破，
这纷歧道路上，石子和泥土模糊，
还是赤脚方便，去认取新的辛苦。

小诗（二）

小蚌壳里有所有的颜色；

整一条虹藏在里面。
绚彩的存在是他的秘密,
外面没有夕阳,也不见雨点。

黑夜天空上只一片渺茫;
整宇宙星斗那里闪亮,
远距离光明如无边海面,
是每小粒晶莹,给了你方向。

恶劣的心绪

我病中,这样缠住忧虑和烦忧,
好像西北冷风,从沙漠荒原吹起,
逐步吹入黄昏街头巷尾的垃圾堆;
在霉腐的琐屑里寻讨安慰,
自己在万物消耗以后的残骸中惊骇,
又一点一点给别人扬起可怕的尘埃!

吹散记忆正如陈旧的报纸飘在各处彷徨,
破碎支离的记录只颠倒提示过去的骚乱。
多余的理性还像一只饥饿的野狗
那样追着空罐同肉骨,
自己寂寞的追着,
咬嚼人类的感伤;
生活是什么都还说不上来,
摆在眼前的已是这许多渣滓!

我希望:风停了;

今晚情绪能像一场小雪,
沉默的白色轻轻降落地上;
雪花每片对自己和他人都带一星耐性的仁慈,
一层一层把恶劣残破和痛苦的一起掩藏;
在美丽明早的晨光下,
焦心暂不必再有,
绝望要来时,
索性是雪后残酷的寒流!

写给我的大姊

当我去了,还有没说完的话,
好像客人去后杯里留下的茶;
说的时候,同喝的机会,都已错过,
主客黯然,可不必再去惋惜它。
如果有点感伤,你把脸掉向窗外,
落日将尽时,西天上,总还留有晚霞。

一切小小的留恋算不得罪过,
将尽未尽的衷曲也是常情。
你原谅我有一堆心绪上的闪躲,
黄昏时承认的,否认等不到天明;
有些话自己也还不曾说透,
他人的了解是来自直觉的会心。

当我去了,还有没说完的话,

像钟敲过后,时间在悬空里暂挂,
你有理由等待更美好的继续;
对忽然的终止,你有理由惧怕。
但原谅吧,我的话语永远不能完全,
亘古到今情感的矛盾做成了嘶哑。

一天

今天十二个钟头,
是我十二个客人,
每一个来了,又走了,
最后夕阳拖着影子也走了!
我没有时间盘问我自己胸怀,
黄昏却蹑着脚,好奇的偷着进来!
我说:朋友,这次我可不对你诉说啊,
每次说了,伤我一点骄傲。
黄昏黯然,无言的走开,
孤单的,沉默的,我投入夜的怀抱!

对残枝

梅花你这些残了后的枝条,
是你无法诉说的哀愁!
今晚这一阵雨点落过以后,
我关上窗子又要同你分手。

但我幻想夜色安慰你伤心,

下弦月照白了你,最是同情,
我睡了,我的诗记下你的温柔,
你不妨安心放芽去做成绿荫。

对北门街园子

别说你寂寞;大树拱立,
草花烂漫,一个园子永远睡着;
没有脚步的走响。

你树梢盘着飞鸟,
每早云天吻你额前,
每晚你留下对话正是西山最好的夕阳。

十一月的小村

我想象我在轻轻地独语:
十一月的小村外是怎样个去处?
是这渺茫江边淡泊的天;
是这映红了的叶子疏疏隔着雾;
是乡愁,是这许多说不出的寂寞;
还是这条独自转折来去的山路?
是村子迷惘了,绕出一丝丝青烟;
是那白沙一片篁竹围着的茅屋?
是枯柴爆裂着灶火的声响,
是童子缩颈落叶林中的歌唱?
是老衣随着耕牛,远远过去,

还是那坡边零落在吃草的牛羊?
是什么做成这十一月的心,
十一月的灵魂又是谁的病?
山坳子叫我立住的仅是一面黄土墙;
下午透过云霾那点子太阳!
一棵野藤绊住一角老墙头,
斜睨两根青石架起的大门,倒在路旁,
无论我坐着,我又走开,
我都一样心跳;
我的心前虽然烦乱,总像绕着许多云彩,
但寂寂一湾水田,这几处荒坟,
它们永说不清谁是这一切主宰,
我折一根柱枝,看下午最长的日影。
要等待十一月的回答微风中吹来。

忧郁

忧郁自然不是你的朋友;
但也不是你的敌人,你对他不能冤屈!
他是你强硬的债主,你呢?
是把自己灵魂押给他的赌徒。

你曾那样拿理想赌博,
不幸你输了;
放下精神最后保留的田产,最有价值的衣裳,
然后一切你都赔上,
连自己的情绪和信仰,那不是自然?

你的债权人他是,
那么,别尽问他脸貌到底怎样!
呀天,你如果一定要看清今晚这里有盏小灯,
灯下你无妨同他面对面,
你是这样的绝望,他是这样无情!

我 们 的 雄 鸡

我们的雄鸡从没有以为
自己是孔雀,
自信他们鸡冠已够他仰着头漫步——
一个院子他绕上了一遍,
仪表风姿,
都在群雌的面前!

我们的雄鸡从没有以为
自己是首领,
晓色里他只扬起他的呼声,
这呼声叫醒了别人,
他经济地保留这种叫喊(保留那规则),
于是便象征了时间!

哭三弟恒
——三十年空战阵亡

弟弟,
我没有适合时代的语言来哀悼你的死;
它是时代向你的要求,
简单的,你给了。
这冷酷简单的壮烈是时代的诗,
这沉默的光荣是你。

假使在这不可免的真实上多给了悲哀,
我想呼喊,
那是——你自己也明了——
因为你走得太早,
太早了,弟弟,难为你的勇敢,
机械的落伍,你的机会太惨!

三年了,你阵亡在成都上空,
这三年的时间所做成的不同,
如果我向你说来,你别悲伤,
因为多半不是我们老国,

而是他人在时代中碾动,
我们灵魂流血,炸成了窟窿。

我们已有了盟友、物资同军火,
正是你所曾经希望过。
我记得,
记得当时我怎样同你讨论又讨论,点算又点算,
每一天你是那样耐性地等着,
每天却空的过去,慢得像骆驼!

现在驱逐机已非当日你最理想驾驶的"老鹰式七五"那样——
那样笨,那样慢,
啊,弟弟不要伤心,
你已做到你们所能做的,
别说是谁误了你,是时代无法衡量,
中国还要上前,黑夜在等天亮。

弟弟,我已用这许多不美丽言语,
算是诗来追悼你,
要相信我的心多苦,喉咙多哑,
你永不会回来了,我知道,
青年的热血做了科学的代替;
中国的悲怆永沉在我的心底。

啊,你别难过,难过了我给不出安慰。
我曾每日那样想过了几回:
你已给了你所有的,

同你去的弟兄
也是一样,献出你们的生命;
已有的年轻一切;将来还有的机会,
可能的壮年工作,老年的智慧;

可能的情爱,家庭,儿女,
及那所有生的权利,喜悦;及生的纠纷!
你们给的真多,都为了谁?
你相信今后中国多少人的幸福要在你的前头,比自己要紧;
那不朽
中国的历史,还需要在世上永久。

你相信,你也做了,最后一切你交出。
我既完全明白了,为何我还为着你哭?
只因你是个孩子却没有留什么给自己,
小时我盼着你的幸福,战时你的安全,
今天你没有儿女牵挂需要抚恤同安慰,
而万千国人像已忘掉,你死是为了谁!